S0-CDQ-971

Bianca

Melanie Milburne

Diamantes en Roma

Editado por HARLEQUIN IBÉRICA, S.A.
Núñez de Balboa, 56
28001 Madrid

I.S.B.N.: 978-84-687-0347-3
Depósito legal: M-17821-2012
Editor responsable: Luis Pugni
Fotomecánica: M.T. Color & Diseño, S.L. Las Rozas (Madrid)
Impresión en Black print CPI (Barcelona)
Fecha impresion para Argentina: 31.12.12
Distribuidor exclusivo para España: LOGISTA
Distribuidor para México: CODIPLYRSA
Distribuidores para Argentina: interior, BERTRAN, S.A.C. Vélez
Sársfield, 1950. Cap. Fed./ Buenos Aires y Gran Buenos Aires,
VACCARO SÁNCHEZ y Cía, S.A.
Distribuidor para Chile: DISTRIBUIDORA ALFA, S.A.

Capítulo 1

CUANDO descubrió la verdad, Emilio estaba sentado a la mesa de un café, en Roma, cerca de su oficina. Se le encogió el corazón al leer el artículo sobre dos gemelas separadas desde su nacimiento debido a un proceso ilegal de adopción. El artículo era periodismo de alta calidad: un fascinante y conmovedor relato del fortuito encuentro de las gemelas debido a que la dependienta de una tienda de Sídney confundiera a una de ellas.

Emilio se recostó en el respaldo del asiento y contempló a los transeúntes: turistas y trabajadores, jóvenes y mayores, casados y solteros... Todo el mundo preocupado con sus cosas, completamente ignorantes de la angustia que le consumía.

No era Gisele la que aparecía en la película porno.

Tenía la garganta seca. ¿Por qué se había mostrado tan intransigente, tan obstinado? No había creído a Gisele al declarar su inocencia. Se había negado a escucharla. Gisele le había rogado y suplicado que la creyera, pero él se había negado a hacerlo.

Gisele había llorado y gritado, y él se había dado la vuelta y la había abandonado. Había cortado toda comunicación con ella. Y había jurado no volver a hablar con ella ni a verla en la vida.

Y se había equivocado por completo.

Su empresa casi se había venido abajo a causa del escándalo, y había tenido que trabajar muy duro para estar donde estaba ahora: dieciocho horas al día, veinticuatro algunas veces, y viajes constantemente. Había ido de proyecto en proyecto como un autómata, había pagado sus deudas y, por fin, había empezado a ganar millones y a disfrutar de un éxito sin límites.

Y todo el tiempo había culpado a Gisele.

El sentimiento de culpa se le agarró al estómago. Siempre se había enorgullecido de no cometer errores de juicio. Buscaba la perfección en todo. El fracaso era anatema para él.

Y, sin embargo, se había equivocado por completo con Gisele.

Emilio clavó los ojos en el móvil. Todavía tenía el teléfono de ella en la lista de contactos; lo había conservado para recordarse a sí mismo no bajar nunca la guardia, no fiarse nunca de nadie. Nunca se había considerado un sentimental, pero los dedos le temblaron al rozar en la pantalla el nombre de ella.

De repente, le pareció que llamarle para pedirle disculpas por teléfono no era apropiado. Tenía que decírselo cara a cara. Era lo menos que podía hacer.

En vez de a Gisele, llamó a su secretaria.

—Carla, cancela todas las citas de la semana que viene y consígueme un billete de avión para Sídney lo antes posible –dijo Emilio–. Tengo que ir allí por un asunto urgente.

Gisele estaba enseñándole a una madre primeriza el faldón de bautismo que ella misma había bordado cuando Emilio Andreoni entró en la tienda. Al verle, tan alto, tan fuera de lugar entre ropa de niño, el corazón le dio un vuelco.

Había imaginado ese momento, por si a él se le ocurría ir a disculparse si llegaba a enterarse de la existencia de su hermana gemela. Se había imaginado reivindicada por fin. Había imaginado que, al mirarle, no sentiría nada, a excepción de un amargo odio y desprecio por su crueldad e imperdonable falta de confianza en ella.

Sin embargo, lo único que sintió fue dolor. Un dolor casi físico al ver a ese hombre cara a cara, al encontrarse con esos ojos negros fijos en los suyos.

Después de romper con él, había visto la foto de Emilio en los periódicos, y aunque no había podido evitar emocionarse, no había sido nada parecido a lo que sentía en ese momento.

Emilio conservaba el color oliva de su piel, la misma nariz recta, la misma penetrante mirada de sus ojos oscuros y la dureza de una mandíbula que no parecía haber visto una cuchilla de afeitar en las últimas treinta y seis horas. El pelo, negro y ondulado, lo llevaba algo más largo que la última vez que lo había visto, ensortijado al rozar el cuello de la camisa, y parecía peinado con los dedos. Y grandes ojeras añadían a la impresión que daba de no haber dormido.

–Perdone –dijo Gisele a la joven madre–, ahora mismo vuelvo con usted.

Gisele se acercó a él.

–¿Qué se te ofrece? –le preguntó con fría voz.

Los ojos de Emilio capturaron los suyos.

–Me parece que sabes a qué he venido, Gisele –respondió Emilio con esa voz profunda que ella tanto había echado de menos.

Gisele tuvo que hacer un gran esfuerzo por controlar las emociones. No era el momento de que Emilio viera lo mucho que todavía le afectaba, aunque solo fuera físicamente. Tenía que ser fuerte, demostrarle que no le había destrozado la vida. Demostrarle que había salido adelante, que sabía valerse por sí misma y que había salido adelante. Tenía que demostrarle que él ya no significaba nada para ella.

–Sí, claro –respondió Gisele con voz fría.

–¿Podríamos hablar en privado? –preguntó él.

Gisele enderezó la espalda.

–Como puedes ver, estoy atendiendo a una clienta –con un gesto con la mano, señaló a la mujer que la esperaba.

–¿Podrías almorzar conmigo? –le preguntó Emilio, aún con los ojos fijos en los suyos.

Gisele se preguntó si Emilio no estaría buscando imperfecciones en su rostro. ¿Había notado la falta de lustre en la cremosa piel de antaño? ¿Se había fijado en las ojeras que el maquillaje no lograba disimular? Emilio siempre había buscado la perfección; no solo en el trabajo, sino en todas las facetas de la vida.

–Soy la propietaria de este establecimiento y

también lo dirijo, no me tomo tiempo libre para almorzar –contestó ella con cierto orgullo.

Gisele le vio pasear la mirada por la boutique de ropa de niño, el negocio que ella había comprado unas semanas después de su separación, justo unos días antes de la fecha en la que debería haberse celebrado su boda. Y era ese negocio lo que la había sacado a flote, aminorando el sufrimiento de los dos últimos años.

Algunos amigos bienintencionados y también su madre, nada más enterarse de que Lily no iba a sobrevivir, le habían sugerido que vendiera la tienda. Sin embargo, allí rodeada de ropa de bebé, se sentía allí más cerca de Lily, su preciosa y frágil hija fallecida a las pocas horas de nacer.

Emilio la miró a los ojos.

–Entonces... ¿cenamos juntos?

Con irritación, Gisele vio a la joven madre salir de la tienda; sin duda, molesta por la presencia de Emilio.

–No puedo cenar contigo, tengo otro compromiso –respondió ella.

–¿Tienes relaciones con algún hombre? –preguntó él, taladrándola con los ojos.

–Eso no es asunto tuyo –contestó Gisele alzando la barbilla.

Emilio suspiró.

–Soy consciente de que esto no es fácil para ti, Giesele. Para mí, tampoco lo es.

–¿Quieres decir que nunca se te pasó por la cabeza que acabarías viniendo a verme para pedirme disculpas por haberte equivocado? –preguntó ella con cinismo.

La expresión de Emilio se tornó fría, distante.

–No me enorgullezco de mi comportamiento, de haber roto nuestra relación –declaró él–. Pero tú, en mi lugar, habrías hecho lo mismo.

–Te equivocas, Emilio –le contradijo Gisele–. Habría tratado de encontrar otra explicación al porqué de la cinta.

–¡Por el amor de Dios, Gisele! ¿Acaso crees que no busqué otras explicaciones? Fuiste tú quien me dijo que eras hija única. Tú tampoco sabías que tenías una hermana gemela. ¿Cómo iba yo a imaginar algo por el estilo? Vi la cinta de vídeo y te vi a ti. Vi el mismo pelo rubio, los mismos ojos azul grisáceo, e incluso los mismos gestos. Es natural que creyera lo que estaba viendo.

–Tenías otra opción: podías haber creído en mí, a pesar de la evidencia. Pero no lo hiciste porque no me querías, lo único que querías era una esposa perfecta agarrada a tu brazo. Esa maldita cinta me manchaba, así que yo ya no te servía. Aunque se hubiera descubierto la verdad en dos horas, en lugar de en dos años, habría dado lo mismo. Tu negocio tenía prioridad, era lo más importante para ti.

–He dejado mi trabajo para venir a verte aquí –contraatacó él con el ceño fruncido.

–Pues ya me has visto, así que puedes ir a tu avión privado y volver a casa –contestó ella con gesto altanero antes de girar sobre sus talones.

–Maldita sea, Gisele –Emilio le agarró un brazo, deteniéndola.

Gisele sintió los fuertes dedos de Emilio obligándola a darse la vuelta. El contacto le quemó la piel. El corazón le dio un vuelco al sentirse presa de la mirada de él. No quería perderse en esos ojos, no quería volver a hacerlo, una vez bastaba. Enamorarse de un hombre incapaz de amar y de confiar en nadie había sido su perdición.

No quería sentirle tan cerca otra vez.

Percibía su olor: una mezcla de almizcle y loción para después del afeitado. Podía ver su negra barba incipiente y quiso acariciarla. No logró evitar fijarse en los contornos de aquella hermosa boca, una boca que la dejó sin sentido la primera vez que la besó...

Gisele salió de su ensimismamiento bruscamente. La misma boca que la había maldecido. La misma boca que le había dicho cosas imperdonables. No, no iba a ponerle las cosas fáciles. Emilio le había destrozado la vida, el futuro. Las acusaciones de él le habían herido mortalmente.

Pero por fin, a su regreso a Sídney, la esperanza había despertado en ella al enterarse de que estaba embarazada de dos meses. No obstante, sus esperanzas se habían visto truncadas tras el segundo ultrasonido. Había llegado a preguntarse si no sería un castigo por no haberle dicho a Emilio que estaba embarazada.

–¿Por qué lo pones más difícil de lo que es? –preguntó Emilio.

Gisele necesitaba protegerse de él y la ira que tenía dentro le ofrecía esa protección.

–¿Crees que puedes aparecer sin más, disculparte y esperar que te perdone? –preguntó ella–. No te perdonaré nunca, Emilio. ¿Me has oído? ¡Nunca!

–No espero que me perdones –contestó él–. Lo que sí espero de ti es que actúes como una persona adulta y me escuches.

–Me comportaré como una persona adulta cuando tú dejes de intentar controlarme como a una niña con una rabieta –respondió ella con ira en la mirada–. Y suéltame el brazo.

Emilio aflojó los dedos, pero no la soltó. A ella le dio un vuelco el corazón cuando Emilio le puso la yema del dedo pulgar en el reverso de la muñeca. Automáticamente, se humedeció los labios. A él no se le escapó el gesto, y se le dilataron las pupilas. Ella conocía muy bien esa expresión, que desató en su cuerpo una reacción visceral, concentrada en ese lugar secreto entre las piernas. En ese momento, por su mente pasaron escenas eróticas compartidas entre ellos: imágenes provocativas e íntimas, imágenes que hicieron que la sangre le hirviera en las venas.

–Cena conmigo esta noche –insistió Emilio.

–Te he dicho que tengo otro compromiso –respondió ella, evitando los ojos de Emilio.

Emilio le puso la otra mano en la barbilla, sujetándole la mirada con la suya.

–Y yo sé que mientes –dijo él.

–Una pena que no tuvieras esa capacidad de deducción dos años atrás –dijo Gisele con rencor, liberando su brazo por fin.

–Iré a recogerte a las siete –declaró Emilio–. ¿Dónde vives?

Gisele sintió un súbito pánico. No quería que Emilio entrara en el piso en el que vivía. Era su hogar, su refugio, el único lugar en el que se sentía segura y libre para dar rienda suelta a su dolor. Además, ¿cómo iba a explicarle las fotos de Lily? Era mucho mejor que Emilio no se enterara nunca de la breve vida de su hija. ¿Cómo si no podría soportar que Emilio le dijera que debería haber abortado, como su madre y sus amigos le habían aconsejado que hiciera? Emilio no habría querido una hija imperfecta, no habría encajado en su ordenada y perfecta vida.

–Pareces no querer darte por enterado, Emilio –declaró ella con una mirada desafiante–. No quiero volver a verte. Ni esta noche, ni mañana por la noche, ni nunca. Ya te has disculpado, así que no hay nada más que decir. Y ahora, por favor, márchate. De lo contrario, tendré que pedir a los encargados de seguridad que te echen.

La expresión de él se tornó burlona.

–¿Qué encargados de seguridad? Cualquiera puede entrar aquí y vaciarte la caja registradora sin que tú puedas hacer nada por impedirlo. Ni siquiera tienes circuito cerrado de televisión.

Gisele apretó los labios, reprochándole haber notado ese defecto suyo. Su madre, su madre adoptiva, había mencionado eso mismo hacía solo unos días, reprochándole que se fiaba demasiado de sus clientes. A ella le suponía un esfuerzo no confiar en la gente, quizá fuera por eso por lo que le había ido tan mal... al fiarse plenamente de Emilio.

Emilio continuó observándola.

–¿Has estado enferma recientemente? –preguntó él.

Gisele, de repente, se quedó muy quieta.

–¿Por qué lo preguntas?

–Porque estás más pálida y mucho más delgada que cuando estábamos juntos –contestó Emilio.

–Así que te parece que dejo bastante que desear, ¿eh? –Gisele endureció la expresión–. Suerte para ti que suspendiste la boda.

Emilio frunció el ceño.

–Has malinterpretado mis palabras –dijo él–. Ha sido un comentario referente a tu palidez, no a tu belleza. Sigues siendo una de las mujeres más bellas que he visto en mi vida.

A Gisele le sorprendió lo cínica que se había vuelto; en el pasado, se habría sonrojado y se habría sentido sumamente halagada. Ahora, sin embargo, le enfurecía que Emilio tratara de conseguir su perdón con cumplidos. Emilio estaba perdiendo el tiempo y se lo estaba haciendo perder a ella.

Gisele se acercó al mostrador y se colocó tras él.

–Ahórrate los cumplidos, déjalos para cualquier inocente que se los crea y se deje llevar a la cama –declaró ella–. Eso ya no funciona conmigo.

–¿Crees que he venido para eso? –preguntó Emilio.

–Creo que has venido para aclararte la conciencia –contestó Gisele–. Desde luego, no has venido por mí, sino por ti mismo.

Emilio tardó unos segundos en contestar.

–He venido por los dos –dijo él por fin–. Quiero aclarar las cosas entre los dos. Quiero que hablemos. Ninguno de los dos va a poder seguir adelante, continuar con su vida, con este malentendido entre los dos.

Gisele alzó la barbilla.

–Yo he rehecho mi vida –dijo ella.

Emilio le lanzó una mirada desafiante.

–¿En serio, *cara*? ¿De verdad lo crees?

Gisele parpadeó para contener las lágrimas que, súbitamente, amenazaban con aflorar a sus ojos.

–Naturalmente que lo creo –respondió ella fríamente–. Duerme tranquilo, Emilio; después de la forma como me trataste, te olvidé tan pronto como me bajé del avión. De hecho, hacía meses que no me acordaba de ti.

Emilio capturó su mirada más tiempo del que a ella le habría gustado.

–Voy a pasar aquí el resto de la semana –le dijo Emilio al tiempo que le ofrecía su tarjeta de visita–. Si cambias de parecer respecto a que nos veamos, llámame, a cualquier hora.

Gisele agarró la tarjeta con mano temblorosa.

–De todos modos, no voy a cambiar de parecer –insistió ella.

Cuando Emilio salió por la puerta, Gisele soltó el aire que había estado conteniendo en los pulmones. Miró la tarjeta que tenía en la mano y se recordó a sí misma que, si permitía que Emilio Andreoni se le acercara una vez más, sería la única que acabaría sufriendo las consecuencias.

Capítulo 2

UN PAR de días más tarde, Gisele recibió la inesperada visita de Keith Patterson, su casero.

–Ya sé que le va a sorprender, señorita Carter, pero he decidido vender el edificio a una constructora –dijo Keith Patterson después de saludarle atentamente–. Me han ofrecido una cantidad de dinero que no he podido rechazar. Con la crisis financiera, mi esposa y yo hemos perdido bastante dinero y tenemos que pensar en nuestra jubilación. Y este es un buen momento.

Gisele, alarmada, parpadeó. Aunque estaba logrando salir adelante, un traslado suponía un gasto imprevisto y, sin duda, el nuevo alquiler sería más caro. No quería aumentar sus gastos, y menos ahora que había contratado a una empleada. No quería que su negocio fracasara.

–¿Significa eso que tengo que irme a otro sitio? –preguntó ella.

–Eso dependerá del nuevo propietario –contestó Keith–. Si quisiera realizar cambios en el inmueble, tendrá que pedir permiso al ayuntamiento, y eso llevará semanas, quizá hasta un par de meses. Me ha dado su tarjeta, para que usted se ponga en contacto con él respecto al alquiler.

Keith le dio una tarjeta.

A Gisele le dio un vuelco el corazón al leer el nombre de la tarjeta.

–¿Emilio Andreoni ha comprado el edificio? –preguntó ella sin poder disimular su perplejidad.

–¿Sabe quién es? –preguntó Keith.

–Sí. Pero es un arquitecto, no un constructor.

–Quizá haya decidido hacerse constructor también –comentó Keith–. Tengo entendido que ha ganado varios premios con algunos de sus proyectos. Parecía muy interesado en comprar el inmueble.

–¿Ha dicho por qué quería comprarlo? –preguntó Gisele, apenas pudiendo contener la ira.

–Sí, ha dicho que era por motivos sentimentales –respondió Keith–. Quizá perteneciera a algún familiar suyo en el pasado. En los años cincuenta, había bastantes italianos con fruterías por aquí. Aunque no me acuerdo de sus nombres.

Gisele apretó los dientes. Sabía que nadie de la familia de Emilio había vivido allí; al menos, nadie de importancia para él. Emilio apenas le había hablado de su pasado, pero suponía que no se parecía mucho al suyo. Con frecuencia, se había preguntado si su noble linaje no habría tenido que ver con el deseo de Emilio de casarse con ella en el pasado. Una burla del destino que ella y su hermana gemela fueran el resultado de las relaciones ilícitas de su padre con un ama de llaves cuando él y su esposa vivían en Londres.

Una vez que Keith Patterson se hubo marchado,

Gisele clavó los ojos en la tarjeta encima del mostrador de la tienda. Se debatió entre romperla en trozos pequeños, como había hecho con la otra dos días atrás, o si llamarle para reunirse con él. Si rompía la tarjeta, Emilio aparecería en la tienda, sin avisar antes, y la pillaría desprevenida.

Decidió que lo mejor era verle controlando la situación. Agarró el teléfono y marcó el número.

–Emilio Andreoni.

–¡Sinvergüenza! –le espetó ella, sin poder evitarlo.

–Qué agradable sorpresa, Gisele –contestó él en tono suave–. ¿Has decidido, por fin, reunirte conmigo antes de que me vaya?

Gisele casi rompió el teléfono de la fuerza con que lo agarraba.

–Me cuesta creer lo que estás dispuesto a hacer para salirte con la tuya –dijo ella–. ¿Crees que subiéndome el alquiler vas a hacer que te odie menos?

–Estás dando por supuesto que voy a cobrarte alquiler –contestó Emilio–. Puede que no te cobre ni un céntimo.

–¿Qué... qué has dicho?

–Quiero proponerte un negocio –dijo Emilio–. Queda conmigo y lo hablaremos.

Gisele sintió un temblor en todo el cuerpo.

–No quiero hacer negocios contigo –replicó ella.

–No rechaces de antemano lo que voy a ofrecerte, escúchame antes –le pidió Emilio–. Quizá te sorprendan los beneficios que podrías sacar.

–Sí, ya me lo imagino –dijo Gisele en tono de

burla–. Alquiler gratis a cambio de mi cuerpo y mi autoestima. No, gracias.

–Deberías pensarlo, Gisele. No quieres arriesgar todo lo que has conseguido con tanto esfuerzo, ¿verdad?

–Ya sobreviví una vez después de perderlo todo –contestó ella, atacando.

Y le oyó tomar aire.

–No me hagas jugar sucio, Gisele. Sabes que puedo hacerlo y lo haré si no me queda otra.

Gisele volvió a temblar. Sabía lo cruel que Emilio podía ser. También sabía que tenía medios y recursos para complicarle la vida, como había hecho justo antes de la boda.

–Ni quiero ni necesito tu ayuda –declaró ella–. Aunque tenga que pedir limosna por las calles. Me da igual. No voy a aceptar nada de ti.

–Acabo de terminar el proyecto de un lugar de vacaciones por encargo de una de las empresas punteras europeas del sector –explicó Emilio–. No tengo más que mover el ratón del ordenador para hacer que tu negocio abarque nuevos mercados al instante. Tu tienda ya no será un comercio local, se convertirá inmediatamente en una marca reconocida en todo el mundo.

Gisele pensó en el proyecto de ampliación y expansión que quería realizar durante los próximos años. Quería agrandar el negocio y vender en los grandes comercios del centro de la ciudad; y, sobre todo, vender por Internet. Lo único que se lo había impedido hasta el momento era la falta de dinero y no tener contactos.

Quería rechazar la oferta de Emilio y colgarle el teléfono, pero eso significaría darle la espalda a un éxito profesional con el que la mayoría de la gente solo podía soñar. Sin embargo, cualquier tipo de negocio con Emilio implicaría el contacto con él.

Un contacto que no quería, no se lo podía permitir.

–Piénsalo, Gisele –insistió él–. Conmigo, tienes mucho que ganar, aunque solo sea temporalmente.

–¿Qué quieres decir con eso de temporalmente? –preguntó ella sin comprender.

–Me gustaría que vinieras a Italia a pasar un mes conmigo –contestó Emilio–. Sería una especie de reencuentro, a ver qué tal nos va juntos otra vez. Por supuesto, te pagaré por el tiempo que pases conmigo.

–No voy a pasar ni un minuto contigo –respondió Gisele con vigor–. Y voy a colgar ahora mismo, así que no te molestes en llamar...

–También podría presentarte a gente y... te pagaría un millón de dólares –añadió Emilio.

Gisele se quedó boquiabierta.

¡Un millón de dólares!

¿Podría? ¿Podría sobrevivir un mes viviendo con Emilio? En el pasado, lo había hecho, con amor. ¿Podría hacerlo con odio?

¿Querría Emilio que se acostara con él?

Un escalofrío le recorrió el cuerpo. Claro que sí, claro que Emilio querría acostarse con ella. ¿Acaso no había visto deseo en los negros ojos de Emilio el día que fue a su tienda?

–Necesito algo de tiempo para pensarlo –dijo ella.

–¿Qué es lo que tienes que pensar? –preguntó Emilio–. Es una proposición sumamente ventajosa para ti, Gisele. Y, si después de un mes ninguno de los dos ve motivos para seguir juntos, te marchas y ya está. Con tu dinero, por supuesto.

–¿Seguro que no te importa que pase un mes contigo sabiendo cómo te odio? –preguntó Gisele.

–Comprendo perfectamente lo que sientes por mí –contestó él–. Sin embargo, creo que deberíamos explorar la posibilidad de un futuro juntos con el fin de no cometer el mayor error de nuestras vidas si no lo hacemos.

Gisele frunció el ceño.

–¿A qué viene todo esto? –preguntó ella–. ¿Por qué no dejar las cosas como están?

–Porque tan pronto como te vi el otro día, me di cuenta de que tenemos un asunto pendiente –replicó Emilio–. Puede que me odies, pero noté la reacción de tu cuerpo al acercarme a ti. Sigues deseándome, igual que yo a ti.

A Gisele le dolió reconocer que Emilio seguía conociendo bien las reacciones de su cuerpo. ¿Qué posibilidades tenía de salir de esa situación con el orgullo intacto?

–Quiero un día o dos para pensarlo. Y, si acepto, serán dos millones de dólares, no uno.

–Vaya, te has hecho una auténtica negociante. Dos millones es mucho dinero, Gisele.

–Tengo mucho odio dentro –le espetó ella.

–Estoy deseando enfrentarme al desafío de destruir tu odio –dijo él.

Gisele contuvo el deseo.

–No lo conseguirás nunca, Emilio. Podrás pagar una auténtica fortuna por mi cuerpo, pero jamás tendrás mi corazón.

–De momento, me conformo con tu cuerpo –dijo él con pasión–. Enviaré un coche a recogerte el viernes por la tarde. Si decides aceptar, solo necesitas el pasaporte y algo de ropa.

Tras esas palabras, Emilio cortó la comunicación.

Cuando el chófer de Emilio aparcó el coche delante del edificio de apartamentos donde ella vivía, Gisele trató de convencerse a sí misma de que solo había aceptado por un motivo: quería hacerle la vida imposible a Emilio durante un mes. Le haría pagar caro la forma como la había tratado en el pasado. No iba a resultarle fácil conquistarla. Ya no era la dulce, tímida e inocente virgen que se había enamorado de él, sino una mujer más mayor, más dura y más cínica. Y sumamente enfadada.

Al mismo tiempo, pasar un mes en Europa le daría la oportunidad de tratar con su hermana, a la que había conocido hacía solo dos meses. Sienna vivía en Londres, que estaba mucho más cerca de Roma que Sídney.

Aún no había logrado reponerse de la impresión que le había causado descubrir la verdad. No solo por el escándalo de las cintas pornográficas, aunque no era poca cosa. No, era como si toda su vida se hubiera basado en una mentira. Ya no sabía quién era. Le parecía como si Gisele Carter, nacida y criada en Sídney, hija única de Richard y Hilary Carter, se hubiera desvanecido de repente, como si hubiese desaparecido.

¿Quién era ahora?

Ya no era la hija de su madre. Tampoco era la hija de su madre natural. ¿Cómo había elegido su madre, Nell Baker, con que bebé quedarse y a cuál dar? ¿Lo había hecho porque quería hacerlo o por dinero?

Enderezando la espalda, dejó a un lado esos pensamientos, agarró la maleta y salió de la casa.

Emilio estaba esperando en el bar del hotel cuando la vio aparecer. Al instante, sintió tensión en el bajo vientre. Había conocido a cientos de mujeres hermosas, pero nunca ninguna le había afectado como Gisele.

Gisele iba vestida con un elegante y sencillo vestido color crema con un lazo negro atado a la cintura que acentuaba su delgadez. Su cabello, rubio platino, estaba recogido en un moño, lo que ensalzaba la delicada gracia de su cuello. Llevaba maquillaje, pero parecía natural.

Emilio olió el perfume de ella, su perfume, un aroma fresco y veraniego que, en el pasado, le había impregnado el cuerpo incluso horas después de hacer el amor. Llevaba mucho tiempo echando de menos ese perfume. No olía lo mismo en otras mujeres.

Se levantó para saludarle y, aunque Gisele llevaba tacones altísimos, él seguía siendo bastante más alto que ella.

–¿Has traído el pasaporte? –preguntó Emilio.

–He estado a punto de no hacerlo, pero he recordado dos millones de razones para traerlo.

Emilio se permitió una pequeña sonrisa de satisfacción. Gisele, a pesar de no parecer hacerle gracia, estaba allí. Puso una mano en el codo de ella y la condujo a un tranquilo rincón del bar, y la sintió temblar. Sintió el temblor de ella en su propio cuerpo...

–¿Qué te apetece beber? –preguntó él–. ¿Champán?

Gisele sacudió la cabeza.

–Yo no estoy celebrando nada. Una copa de vino me basta.

Emilio pidió las bebidas y, cuando les hubieron servido, se arrellanó en el asiento y se quedó contemplando la expresión gélida de ella. Se sabía merecedor de la ira de Gisele. La había echado de su vida con crueldad y sin miramientos, convencido de que ella le había traicionado. La imagen de ella con ese hombre le había atormentado, hasta que descubrió la existencia de la hermana gemela de Gisele.

Al volverla a ver, recordó los motivos por los que en el pasado había querido casarse con ella. No se trataba solo de la belleza de Gisele ni de su elegancia. No era solo por la suave voz de ella ni la forma como se mordía el labio inferior cuando se sentía insegura. Era algo en los ojos de Gisele, unos ojos a veces azules, a veces grises, dulces y tiernos cuando, en el pasado, le miraban. ¿Qué hombre no quería que la mujer que había elegido como esposa le mirara así?

Gisele le había parecido la mujer perfecta como esposa, dulce y tierna, sumisa y cariñosa. El hecho de no haber estado enamorado de ella no tenía importancia. El amor nunca había formado parte de su vida. En su experiencia, lo que la gente decía y hacía era muy distinto. El escándalo del vídeo pornográfico le había hecho afianzarse más en su idea de que el amor no servía para nada, la gente siempre acababa defraudándole a uno. Pero, al final, había sido él quien había defraudado a Gisele. Había sido él quien, con su falta de confianza en ella, había destruido su amor. Ahora, estaba decidido a recuperar a Gisele. Quería recompensarle. No quería que un fracaso así empañara su vida. Él había cometido un error y tenía que arreglarlo.

Y ahora haría lo que fuera necesario por arreglarlo.

Sabía que Gisele seguía deseándole, y estaba deseando tenerla en los brazos una vez más. Estaba deseando subir al cuarto y demostrarle a Gisele que aún podían disfrutar de un futuro juntos, que podían dejar atrás el pasado. Gisele se estaba haciendo la dura, pero estaba seguro de que, una vez que la besara, ella se derretiría. Cualquier otra cosa era inconcebible.

No podía fracasar.

—He reservado un vuelo para mañana a las diez de la mañana —dijo Emilio.

—¿Tan seguro estabas de que vendría? —inquirió Gisele con una penetrante mirada.

—Digamos que te conozco lo suficiente como para suponer que lo harías —contestó él.

–Ya no me conoces, Emilio –declaró ella–. No soy la misma que hace dos años.

–No te creo –contestó Emilio–. Sé que todos cambiamos un poco con el tiempo, pero uno no puede cambiar cómo es en el fondo.

Gisele alzó un delgado hombro, un gesto de no dar importancia.

–Es posible que dentro de un mes no pienses lo mismo –comentó Gisele, y bebió un sorbo de vino.

–¿Sigue tu hermana en Sídney? –preguntó él.

–No, volvió a Londres hace diez días –Gisele se quedó contemplando el contenido de su copa con el ceño fruncido–. Los periodistas la seguían a todas partes; bueno, a las dos. Casi me daba miedo... –Gisele se mordió el labio inferior y vació el contenido de su copa como si quisiera contener las palabras.

–Ha debido de ser difícil para ambas –comentó él.

Gisele alzó la mirada, la expresión de sus ojos era dura, fría y llena de resentimiento.

–Si no te importa, prefiero no hablar de ello –dijo Gisele–. Todavía estoy tratando de asimilarlo. Lo mismo le pasa a Sienna.

–Podrías invitarla a que pasara unos días con nosotros en Roma –dijo Emilio–. Me gustaría conocerla.

Gisele volvió a encoger los hombros con indiferencia.

–Ya veremos.

Emilio hizo un gesto al camarero para que les sirviera dos copas más y luego dijo:

–Háblame de tu tienda. ¿Cómo es que te dio por poner ese negocio?

Gisele bajó el rostro y clavó los ojos en la copa que el camarero acababa de dejar delante de ella.

–Cuando volví de Italia... quería establecerme, tener una base. Me gustaba la idea de trabajar para mí misma. En el pasado, había vendido a la dueña de la tienda algunos artículos y ella me ofreció comprarle el negocio cuando decidió venderlo.

–Es mucha responsabilidad para una mujer de solo veinticinco años; bueno, eso ahora, entonces tenías veintitrés –comentó Emilio–. ¿Te ayudaron tus padres?

Gisele dejó la copa en la mesa.

–Al principio, sí; pero luego, cuando enfermó mi padre, empezaron los problemas. Tenía deudas, aunque no nos enteramos hasta que murió: malos negocios, perdió dinero con la compra y venta de acciones. Yo tuve que ayudar a mi madre... a Hilary.

Emilio dejó su copa en la mesa.

–Siento no haber enviado una tarjeta dándoos el pésame –dijo él–. Sabía que estaba muy enfermo. Debería haberos llamado. Debió de ser un momento muy difícil para tu madre y para ti.

Gisele volvió a clavar los ojos en la copa de vino al tiempo que la agarraba con fuerza.

–Tardó ocho miserables meses en morir –dijo ella–. Y ni una sola vez mencionó el hecho de que yo tuviera una hermana gemela –entonces, le miró a él–. Tanto mi padre como mi madre sabían que el motivo de nuestra ruptura era ese vídeo porno, pero no dijeron ni una sola palabra. Jamás se lo perdonaré.

Emilio, con cuidado, le quitó la copa de vino de las manos y la dejó en la mesa.

–Comprendo que estés enfadada con ellos, pero nuestra relación se rompió por mí, porque no creí en ti. Si hay un culpable, ese soy yo.

Gisele le sostuvo la mirada en silencio.

–¿Sabes lo que realmente me molesta? –preguntó ella.

–No. Dímelo.

–¿Cómo eligieron? –preguntó Gisele.

–¿Te refieres a quién se quedaba con qué gemela?

Gisele lanzó un soplido.

–No puedo quitármelo de la cabeza –confesó Gisele–. ¿Cómo lo hicieron? ¿Cómo pudo mi madre, mi madre natural, renunciar a mí? ¿Y cómo pudo mi padre pedirle una cosa así? Y no solo eso, ¿en qué estaba pensando mi madre adoptiva cuando accedió a criar a la hija de su marido y de la amante de él?

Emilio se inclinó hacia delante y le tomó las manos, estrechándolas.

–¿Se lo has preguntado a ella?

–Claro que se lo he preguntado –contestó Gisele–. Me dijo que lo hizo para tener contento a mi padre. Se ha pasado la vida intentando hacer feliz a mi padre sin conseguirlo.

–Por lo que tú me contabas, me parecía que tu familia era la familia perfecta –dijo Emilio, acariciándole las manos–. Nunca me dijiste que tus padres no eran felices.

Gisele miró las manos de ambos, juntas, y retiró las suyas al instante. Después, se enderezó en el asiento.

—No quería decírselo a nadie, pero nunca me consideré digna de mis padres —declaró ella—. Hacía lo posible por complacerles, pero jamás lo conseguí. Mi madre no era maternal, nunca me abrazaba ni jugaba conmigo. En realidad, me crió una niñera. Ahora comprendo por qué, yo no era su hija. Mi padre se portó igual de mal conmigo; en el fondo, creo que habría preferido que fuera un varón. Mi madre no pudo darle hijos, pero su amante le dio dos hijas, y mi padre eligió a una de ellas. Desde que lo sé todo, me he preguntado con frecuencia si no pensaría que había hecho una mala elección o si, por el contrario, habría preferido no tener nada que ver con ninguna de las dos. Mi padre se pasó la vida con una mujer a la que no quería, fue un desgraciado.

Emilio frunció el ceño. Era la primera vez que oía a Gisele hablar de su infancia con honestidad. Hasta ese momento, comparándola con su propia infancia, había envidiado la de ella. Ahora se daba cuenta de lo poco que la conocía, a pesar de haber estado a punto de casarse con ella. Le había impresionado su belleza, pero se había fijado poco en lo demás.

—¿Y tu hermana, cómo lo está pasando? —preguntó él.

Gisele encogió los hombros una vez más.

—Parece afectarle mucho menos que a mí —respondió Gisele—. Supongo que criarse con una madre soltera y algo ligera de cascos le ha hecho ser más dura. A mí me parece que Sienna era la madre, más que la hija, la mayor parte del tiempo. Mi hermana me dijo que ha habido muchos hombres en la vida de su madre. Ha debido de tener una infancia muy dura.

–¿Le da pena no haber conocido a tu padre?

–Sí y no, supongo –Gisele frunció el ceño–. Creo que le habría echado en cara lo que hizo. Es muy directa, no se calla las cosas. A mí no me vendría mal ser un poco como ella. Ya es hora de que aprenda a hablar por mí misma.

–Creo que ya lo estás haciendo, y muy bien –Emilio esbozó una sonrisa ladeada–. Quizá tengas razón, es posible que hayas cambiado.

Los ojos de Gisele brillaron.

–No lo dudes.

Emilio permitió que transcurrieran unos segundos de silencio.

–¿Le has dado al chófer las llaves y los papeles de la tienda?

–Sí.

–Estupendo –dijo él–. Tu empleada se encargará de la tienda hasta que decidas qué hacer. Ya he hablado con ella.

Gisele frunció el ceño.

–¿Qué quieres decir?

–Puede que decidas quedarte en Italia. Sería una imprudencia no tener en cuenta esa posibilidad –explicó Emilio.

Gisele le lanzó una mirada desdeñosa.

–Debe de ser agotador cargar con un ego tan

monumental como el tuyo. ¿En serio crees que voy a volver contigo como si nada hubiera pasado? Estás pagándome para que pase un mes en tu casa y eso es lo único que va a pasar.

Emilio reprimió un súbito enfado. No estaba acostumbrado a que le desafiara; en el pasado, Gisele siempre se había mostrado sumisa. ¿Dónde estaba la joven que había elegido como esposa?

–¿Te apetece otra copa? –preguntó él tras un tenso silencio.

–No, gracias.

–He pensado que mejor que nos lleven la cena a mi suite –dijo él.

Gisele le miró con expresión de sorpresa.

–¿Por qué no vamos a un restaurante? –preguntó ella.

–La suite me parece más íntima.

–Olvídalo, Emilio –dijo ella empequeñeciendo los ojos–, no voy a dejarme seducir.

–¿Eso crees?

–Lo sé –respondió Gisele con decisión, alzando la barbilla.

Capítulo 3

GISELE caminaba rígida mientras Emilio la conducía a su suite. Le llegaba el olor de la loción para después del afeitado, despertando recuerdos que quería olvidar. Era como viajar al pasado. ¿Cuántas veces había entrado con él en el ascensor de algún hotel en Europa acompañándole en sus viajes de negocios? El recuerdo de imágenes eróticas le erizó la piel, y se mordió el labio inferior para contenerlas.

Por aquel entonces, todo su deseo había sido complacerle. Desde el principio, se había dado cuenta de que era un hombre orgulloso y seguro de sí mismo, y a ella jamás se le había ocurrido enfrentarse a él; nunca le había llevado la contraria y jamás se había opuesto a sus deseos. Le había amado, completa y desesperadamente. Ella le había querido demasiado y él no la había querido a ella en absoluto.

Y ahora, para Emilio, que ella volviera con él era una cuestión de orgullo. Sabía que no la quería por sí misma, solo quería que el mundo se enterase de que estaba reparando un error. Un hombre tan conocido como él no podía permitirse el lujo de que le considerasen injusto. La historia de Sienna y ella había salido en todos los periódicos. Le sorprendía que Emilio no hubiera informado aún a los periodistas de su intención de reanudar la relación con ella.

El ascensor se detuvo y Emilio le cedió el paso. Al pasar por su lado, el corazón le dio un vuelco. ¿Y si Emilio notaba que le estaba ocultando algo? ¿Y si Emilio se daba cuenta de que el dolor de ella, reflejado en sus ojos, no era solo por lo que él le había hecho, sino por la pérdida de su hija? La hija cuya mantita color rosa, que aún olía a la pequeña, estaba doblada en su maleta. No había sido capaz de despojarse de ese lazo de unión con la pequeña Lily. Su madre... No, no su madre, sino Hilary, le había dicho que no era bueno aferrarse a ese recuerdo; le había dicho que dejara atrás el pasado, que se desprendiera de la manta y continuara haciéndole frente a la vida.

Gisele no estaba preparada para ello. En su opinión, no lo estaría nunca.

—Relájate, *cara* —dijo Emilio mientras abría la puerta de la suite—. Parece como si tuvieras miedo de que una bestia fuera a devorarte.

Gisele entró por delante de él.

—Me duele la cabeza —dijo ella, y no mentía.

Emilio arrugó el ceño.

—¿Por qué no me lo has dicho antes? —preguntó Emilio.

—No es nada serio —respondió ella, humedeciéndose los labios con la lengua—. Creo que no debería haber tomado una segunda copa de vino. El alcohol no me sienta bien.

–¿Cuándo ha sido la última vez que has comido? –le preguntó Emilio.

Y a él no le pasó desapercibido que ella tuviera que pensarlo.

–No me acuerdo –respondió Gisele por fin–. Tenía tantas cosas que hacer... No me has dado mucho tiempo.

–Lo siento, pero tengo que volver a Roma inmediatamente por un proyecto que tengo entre manos –contestó Emilio–. Es para un cliente muy importante. Me costó mucho conseguir ese contrato. Son varios millones.

Gisele pensó en todo el dinero que ganaba con sus proyectos. Pero sospechaba que a Emilio no le había resultado fácil el éxito. En cualquier caso, si de algo podía presumir Emilio era de ser un hombre dedicado. Se le notaba hasta en el brillo de sus ojos oscuros y en la pronunciada y dura mandíbula, muestras de su personalidad implacable. Iba a pasar un mes junto a una persona sumamente intransigente. ¿Quién saldría triunfal de la experiencia? Un temblor le recorrió el cuerpo.

–Haré que nos suban la cena inmediatamente –dijo él–. Un botones ha subido ya tus cosas. ¿Quieres que pida una camarera para que ayude a deshacer el equipaje? Debería habérseme ocurrido antes.

–No –respondió Gisele. Quizá con demasiada rapidez, pensó al verle arquear las cejas–. ¿No nos vamos a ir mañana por la mañana? No hace falta.

–¿Prefieres pasar la noche en la suite de invitados? –preguntó él.

Gisele le lanzó una mirada penetrante.

–¿Dónde pensaba si no que iba a dormir?

Emilio se le acercó y le acarició la mejilla con los nudillos de una mano.

–¿En serio crees que vamos a dormir en habitaciones separadas un mes entero? –preguntó él.

Gisele le apartó la mano como si se tratara de una molesta mosca.

–No he firmado un contrato que me obligue a acostarme contigo.

–A propósito de contratos... –Emilio se acercó a su portafolios, que estaba encima de una mesa cerca de la ventana, lo abrió, sacó un documento y volvió al lado de ella con los papeles en la mano–. Al final de tu estancia, se te ingresará en el banco la cantidad que hemos acordado.

Gisele miró los papeles y deseó poder echarse atrás. Pero no podía darle la espalda a dos millones de dólares, y menos en esos momentos. ¿Qué otra cosa tenía en la vida, a parte de la tienda? El sueño de casarse y tener una familia era solo eso, un sueño... que había quedado atrás.

Gisele agarró los papeles y se sentó en la silla que tenía más cerca. Leyó los papeles, todo estaba bien. Después de un mes, recibiría dos millones de dólares y no le debería nada a Emilio. Firmó con una mano no todo lo firme que habría deseado.

–Ahí lo tienes –dijo ella, devolviéndole los papeles.

Emilio los dejó a un lado antes de volverse de nuevo a ella.

–Bueno, ya hemos cerrado el trato.

Gisele alzó la barbilla.

–Sí, acabas de perder dos millones.

«Por nada a cambio», añadió ella en silencio.

–¿Cuánto tiempo crees que vas a aguantar, eh? –Emilio le dedicó una sonrisa burlona–. ¿Una semana? ¿Dos?

Ella le lanzó una fiera mirada.

–Si lo que quieres es alguien que se acueste contigo, será mejor que vayas a buscarlo a otra parte. No me interesa.

–Quieres vengarte de mí, ¿es eso? –preguntó él, aún sonriendo con sorna.

–No sé de qué me estás hablando –contestó ella con las mejillas encendidas.

–¿Crees que no te conozco? Te has propuesto hacerme sufrir durante un mes. Pero... ¿crees que con hablarme mal y contestarme de mal modo vas a conseguir que deje de desearte? No te engañes a ti misma, Gisele. Vas a volver a acostarte conmigo, y no porque te haya pagado, sino porque no vas a poder contenerte.

En ese momento, Gisele pensó que no podía odiarle más de lo que le odiaba. Quería abofetearle por pensar que ella no tenía autocontrol, ni disciplina ni amor propio.

–Te odio profundamente –le espetó ella–. ¿Te has enterado? Te odio.

La calma de Emilio le enfureció aún más.

–El hecho de que sientas algo por mí es buena señal –contestó él–. La ira es mucho mejor que la indiferencia.

Gisele estaba decidida a demostrarle lo fría e indiferente que ella podía llegar a ser.

–Está bien, de acuerdo –Gisele se quitó los tacones y comenzó a desabrocharse el vestido–. ¿Quieres que me acueste contigo? En ese caso, venga, cuanto antes nos lo quitemos de encima, mejor.

Emilio se quedó quieto y en silencio, observándola, con los ojos fijos en ella. Vio cómo se le dilataban las pupilas al verla despojarse del vestido, que cayó al suelo. Se había quedado delante de él con solo el sujetador y las bragas; dos años atrás, con mucho menos. Pero, de repente, se sintió más desnuda que nunca.

Se llevó las manos atrás para desabrocharse el sujetador, pero los dedos le temblaban miserablemente. Le entraron ganas de llorar. Las emociones le cerraron la garganta...

–Vístete –dijo Emilio con voz seca, volviéndose de espaldas.

Gisele se sintió desolada. Emilio le había dado la vuelta a la situación.

Se sintió tonta.

Se sintió insegura.

Se sintió rechazada.

Le vio acercarse al bar y servirse una copa. Vaciar el vaso de un trago...

Gisele se pasó la lengua por los secos labios.

–¿He de suponer que vas a prescindir de mis servicios esta noche?

Emilio se volvió hacia ella con expresión ilegible.

–Voy a hacer que te suban la cena –contestó él–. Por favor, siéntete como en tu casa. Yo voy a salir.

–¿Adónde vas? –Gisele no pudo evitar preguntar, y se avergonzó de haber hablado como una esposa celosa.

Emilio se acercó a la puerta; entonces, se volvió y le lanzó una mirada indiferente.

–No me esperes –dijo él, y se marchó.

Gisele se agachó, agarró los tacones y los arrojó contra la puerta. Lágrimas de ira le empañaron los ojos.

–¡Maldito seas! –exclamó ella–. ¡Vete al infierno!

Emilio volvió a la suite a las dos de la madrugada. Había pasado horas callejeando por Sídney, decidido a no volver al hotel hasta haberse calmado. Había deseado aceptar lo que ella le había ofrecido, pero no quería darle más motivos de odio. Esperaría el momento oportuno, esperaría a que ella se le ofreciera voluntariamente, como sabía que acabaría haciendo. Una noche no era suficiente para ninguno de los dos. Sabía que Gisele, una vez que se entregara a él, querría más. Ahora estaba enfadada y dolida, pero se le pasaría. El tiempo lo curaba todo.

La cena que había pedido que subieran a la suite parecía casi intacta. Frunció el ceño al ver los platos llenos y el vino encima de la mesa.

Se acercó al ventanal y contempló el puerto de Sídney, en frente del hotel. Suspiró. De no haber sido por el escándalo, habría celebrado su segundo aniversario de bodas con Gisele dos semanas atrás. Quizá incluso hubieran tenido algún hijo. Lo habían hablado. Ese era otro de los motivos por los que había querido casarse con ella, Gisele siempre había mostrado deseos de tener una familia numerosa. A él también le había gustado la idea. Tantos años en casas de familias de acogida o de mendigo por las calles le habían hecho desear un hogar propio, acogedor, una familia...

La envidia que le había dado ver a gente feliz en sus hogares era uno de los motivos por los que se había hecho arquitecto. Decisión que había tomado apenas cumplidos los diez años. Había supuesto que le haría feliz construir casas, hogares, pero no había sido así. Sospechaba que lo único que podría satisfacerle sería tener su propia familia, solo eso podría llenar el vacío que sentía por dentro.

Ahora también tenía esa sensación de pérdida, de que su vida estaba incompleta. ¿Era por eso por lo que se había sentido atraído por Gisele, por la secreta soledad de ella?

Emilio se apartó del ventanal al oír un ruido a sus espaldas.

—No has cenado —dijo él en el momento en que Gisele estaba buscando el interruptor de la luz.

Ella se llevó una mano a la garganta, su expresión era de sorpresa.

—Me has dado un susto de muerte. ¿Por qué no has encendido la luz?

—He preferido estar a oscuras.

—Podrías haber dicho algo —dijo ella en tono acusatorio.

—Lo he hecho. He dicho que no has cenado.

—No tenía hambre.

—Tienes que comer —dijo Emilio—. Estás demasiado delgada.

–Nadie te ha pedido tu opinión –le espetó ella.

Emilio se le acercó.

–¿No podías dormir? –preguntó Emilio.

–¿Qué más te da a ti eso?

–Estoy preocupado por ti –dijo él–. Tienes aspecto de llevar meses sin dormir bien.

–¿Así que estás preocupado por mí? –preguntó ella echando chispas por los ojos–. Qué pena que no estuvieras preocupado por mí cuando me echaste a la calle sin miramientos hace dos años.

Emilio apretó los dientes para no decir nada de lo que pudiera arrepentirse más tarde. ¿Cuánto tiempo iba Gisele a seguir intentando haciéndole pagar lo que le había hecho?

–¿Quieres que te prepare un vaso de leche caliente? –le preguntó él.

Gisele lanzó una ahogada carcajada, una carcajada casi histérica.

–Sí, vale, ¿por qué no? Y échale un chorro de whisky, eso me dejará fuera de juego.

Emilio echó leche en una taza y la metió en el microondas que había cerca del bar. Después, se apoyó en el mostrador y se la quedó mirando.

–Sé, por experiencia, que llevar un negocio es agotador. Yo también he pasado muchas noches sin dormir.

Gisele hizo una mueca.

–Apuesto a que no tuviste problemas en conseguir mujeres que te distrajeran de vez en cuando.

–No tantas como pudiera parecer –contestó él.

Ella le lanzó una mirada cínica.

–Bueno, solo para que lo sepas, yo no voy a

abrirme de piernas como una de tus amiguitas ba-
ratas.

–Hace un par de años no tuviste problemas en
hacerlo. Y otra cosa, dos millones no es barato,
cara.

Gisele levantó la mano para darle una bofetada,
pero él se le adelantó, agarrándole la muñeca.

–Ni se te ocurra –le advirtió Emilio–. Sentirías
las consecuencias.

Gisele trató de zafarse de él, pero era como un
gato luchando contra una pantera. Él era demasiado
fuerte, estaba demasiado cerca... era demasiado de
todo.

–¿Qué consecuencias? –preguntó Gisele–. ¿Me
vas a pegar tú también? ¿Es eso lo que hacéis los
tipos duros italianos?

–Sabes muy bien que jamás te pondría la mano
encima.

Ella le lanzó una mirada retadora.

–En estos momentos me sujetas con cinco dedos.

–Y no voy a soltarte hasta que no dejes de com-
portarte como una niña malcriada.

–Te odio –le espetó ella, furiosa.

–Sí, ya me lo habías dicho.

–Lo digo en serio.

–Te creo.

–Quiero que te mueras y que te pudras en el infierno.

–También te creo. Pero los insultos no te van a
llevar a ninguna parte.

Gisele sintió los muslos de él demasiado cerca

de los suyos. Sintió el calor del cuerpo de Emilio, un calor que su fría piel anhelaba. Olió a coñac en su aliento...

Notó cómo se le endurecían los pezones al sentir el duro torso de él tan cerca. Clavó los ojos en la sensual boca de Emilio, una boca que había besado infinidad de veces, una boca dura y tierna a la vez, exigente y tan generosa al mismo tiempo...

–Te odio –repitió Gisele, pero no sabía si se lo decía a él o estaba tratando de convencerse a sí misma.

Necesitaba sentir ira.

Era la única defensa que tenía. Era lo único que tenía. Era su armadura, lo que la había hecho soportar todo ese tiempo.

Emilio le puso una mano en el rostro y le acarició la mejilla con el pulgar, con un ritmo hipnotizante.

–Deja de resistirte, Gisele –dijo él–. No me rechaces sin más, deja que veamos si podemos arreglar las cosas entre los dos.

–Hay cosas que no tienen arreglo –respondió ella–. Es demasiado tarde. Han pasado demasiadas cosas.

–¿Lo dices en serio? –preguntó Emilio.

Gisele no sabía qué pensar cuando se encontraba en los brazos de Emilio, pegada al fuerte cuerpo de él. Le sintió endurecer, agrandarse, obedecer a esa preparación primitiva del macho antes de copular. Y su propio cuerpo respondió. La humedad en la entrepierna le recordó que no era inmune a él. Daba igual que le odiara o no. Daba igual que no quisiera tener nada que ver con él. Su cuerpo tenía sus propias necesidades, al margen de la razón.

–Creo que estás haciendo esto porque te preocupa la opinión de la prensa y también lo que puedan pensar tus clientes y tus colaboradores si no haces nada por compensarme por el malentendido –dijo ella mirándole con expresión desafiante–. Te preocupa el qué dirán, por eso el mes de reconciliación. Parecerá como que estás haciendo lo correcto, lo que debes hacer, pero no te servirá de nada porque no me quedaré contigo. No lo haría ni por todo el oro del mundo.

Emilio tiró de ella hacia sí, su expresión endurecida, amarga, dura.

–En ese caso, será mejor que le saque provecho al dinero que ya te he pagado, ¿no te parece?

Y entonces, la boca de Emilio descendió sobre la suya.

Fue un beso furioso, duro, cruel. Gisele lo sintió en todo el cuerpo, de la cabeza a los pies. Y le devolvió el beso con toda la furia que llevaba dentro. Y al sentir la lengua de él en la línea de sus labios, abrió la boca y le permitió la entrada sin titubeos.

Le deseaba.

Quería un duelo con él. Quería saborearle otra vez...

Y quería hacerle daño. Quería hacerle recordar lo que había perdido. Utilizó los dientes, pero no para darle pequeños y suaves mordiscos. Le mordió el labio inferior con fuerza, como una tigresa con su presa en la boca.

Emilio respondió también con mordiscos, despertando en ella una ardiente pasión. Y ella sintió sabor a sangre en la boca, aunque no sabía si era suya o de él. Y sintió la dureza de la barba incipiente de Emilio en la mejilla cuando él, cambiando de postura, le agarró la cabeza en un asalto sensual.

Gisele también enterró las manos en los oscuros cabellos de él. Y al moverse y volver a sentir el duro miembro de Emilio, el cuerpo entero le tembló. Le deseaba con locura, con pasión...

Le deseaba.

Le deseaba, a pesar de odiarle. Quería que la poseyera salvajemente, que la hiciera sentirse viva otra vez.

«Dios mío, por favor, haz que vuelva a sentirme viva».

De repente, Emilio la hizo apartarse de sí como si fuera la portadora de una enfermedad mortal y contagiosa. Se pasó una mano por la boca e hizo una mueca al ver un pequeño rastro de sangre en la mano.

—¿Es tuya o mía? —preguntó él.

—¿Tiene importancia? —Gisele arqueó las cejas.

—Sí, claro que la tiene —Emilio frunció el ceño—. No era mi intención hacerte daño.

Gisele le lanzó una mirada retadora al tiempo que se llevaba la mano al labio inferior.

—¿No?

Emilio se sacó un pañuelo limpio del bolsillo del pantalón, se acercó a ella otra vez, le alzó la barbilla y le pasó el pañuelo suavemente por los labios. Entretanto, le sujetó la mirada con la suya.

–No tiene por qué ser así entre los dos, Gisele –dijo él con voz ronca.

Gisele le quitó el pañuelo, se separó de él y le dio la espalda.

–No voy a cambiar de parecer. Jamás te perdonaré.

Oyó los pasos de él y luego sintió las manos de Emilio en los hombros, y su cuerpo entero se estremeció. Cerró los ojos. ¿Dónde estaba? ¿Qué le estaba pasando? ¿Por qué quería darse la vuelta y acurrucarse contra él?

–Gisele, sé que me deseas –dijo él, acercándole el excitado cuerpo a la espalda.

–Eso es lo que tú crees.

–Lo sé.

Entonces, Gisele se volvió y le lanzó una encolerizada mirada.

–Quiero que el mes llegue a su fin con el fin de verme libre de ti para siempre.

Emilio la miró con fijeza, buscando algo en ella, aunque no sabía qué. Ella adoptó una expresión de indiferencia; al menos, eso le pareció.

–Deberías acostarte –dijo Emilio, acariciándole con la yema del pulgar el labio inferior–. El vuelo va a ser largo y pesado, a pesar de ir en primera.

–¿Qué? –Gisele le lanzó una burlona mirada–. ¿Ya no vas en avión privado?

La expresión de él se tornó inescrutable.

–Tener un avión privado ya no me parece que sea el símbolo del éxito de una persona –contestó Emilio–. Prefiero gastar el dinero en otras cosas.

–¿Cómo por ejemplo?

Emilio bajó la mano, apartándola del rostro de ella, y retrocedió unos pasos.

–Buenas noches –dijo él–. Hasta mañana.

–Ya es mañana –contestó ella con pedantería y enfado, pero no le sirvió de nada, puesto que Emilio ya se había marchado.

Capítulo 4

NO DURMIÓ, como era de esperar. Ni siquiera el cóctel químico que el médico le había recetado para impedir que soñara con Lily le hizo efecto aquella noche. Gisele no dejó de dar vueltas y más vueltas en la cama, y dejó pasar las horas pensando en la boca de Emilio y en cómo se las iba a arreglar para sobrevivir un mes entero en compañía de él.

Al final, se dio por vencida. Se acercó a la maleta, sacó la manta de Lily y se la pegó al pecho como si aún envolviera a su bebé, aún viva y respirando. Los ojos se le llenaron de lágrimas. ¿Cuántas noches había hecho eso mismo? ¿Cuándo iba a dejar de sufrir de esa manera la pérdida de la niña?

Debía haberse quedado dormida porque, de repente, oyó a Emilio llamando a la puerta con los nudillos.

—Hora de levantarse, Gisele —dijo él—. Son las siete.

—Estoy despierta —contestó ella alzando la voz al tiempo que se incorporaba en la cama.

Gisele dejó la manta de Lily en la maleta antes de meterse en la ducha.

* * *

Emilio estaba sirviéndose un café cuando entró Gisele, con cara de estar yendo hacia el patíbulo y dispuesta a no pedir clemencia.

–¿Has dormido bien? –preguntó él.

–Como un tronco.

Emilio lo dudaba. Tenía marcadas ojeras y el rostro sumamente pálido.

–Deberías comer algo –dijo él, indicándole con un gesto el desayuno, que una camarera había subido a la habitación.

–No tengo hambre.

Emili respiró hondo.

–¿Crees que ponerte en huelga de hambre te va a servir de algo?

–No me he puesto en huelga de hambre –contestó ella echando chispas por los ojos–. Simplemente, no tengo hambre.

–Nunca tienes hambre –comentó él con irritación–. No es normal. Tienes que comer. Si no te alimentas, vas a desaparecer.

–¿Y qué más te da a ti? –preguntó ella–. Tu última novia era mucho más delgada que yo. Una modelo de trajes de baño con la que saliste el mes pasado, ¿no? ¿O la he confundido con esa aristócrata londinense de mucho pecho? –Gisele adoptó expresión pensativa, como si tratara de recordar–. ¿Cómo se llamaba...? ¿Arabella? ¿Amanda? ¿Ariel?

Emilio apretó los dientes y retiró una silla de la mesa.

–Siéntate.

Ella le lanzó una mirada de censura.

–¿Sabes? Si lo que querías es que alguien te

obedeciera, podrías haberte comprado un perro, te habrías ahorrado mucho dinero.

—Me pareció que sería mucho más divertido enseñarte a ti —respondió él—. Y ahora, siéntate y come.

Gisele se sentó con una sacudida de cabeza.

—Al menos, yo no me meo en la alfombra —dijo ella.

—Si lo hicieras, no me extrañaría —murmuró Emilio.

Gisele agarró una rodaja de beicon y se la echó al plato.

—¿Y tú, has dormido? —preguntó Gisele—. No lo parece. Tienes muy mal aspecto.

—Gracias.

—De nada —respondió Gisele al tiempo que clavaba el tenedor en el beicon.

Emilio la vio mordisquear el beicon. Los pequeños y blancos dientes de ella, junto con esos sensuales labios, le habían mantenido despierto toda la noche. Apartó la mirada de ella y se sirvió otro café.

—¿Quieres té o café? —preguntó él.

—Té —respondió Gisele—. Y perdona, ya sé que es algo muy poco italiano.

—¿Leche y azúcar en el té?

Gisele arqueó las cejas, mirándole fijamente.

—¿No te acuerdas de cómo tomo el té o es que me estás confundiendo con alguna de las muchas que me siguieron? —preguntó ella.

Emilio apretó los labios. No se enorgullecía de la cantidad de mujeres con las que había estado. Ahora, era como si ella le clavara el puñal hasta el fondo.

–Te gusta sin leche y con una cucharadilla de azúcar –respondió él.

Gisele tamborileó la mesa con los dedos.

–No.

–¿No? –Emilio frunció el ceño–. En ese caso... ¿cuándo dejaste de tomar azúcar con el té?

–Dejé el azúcar cuando... –Gisele se interrumpió y bajó la mirada, clavándola en el plato.

–¿Cuándo? –le instó Emilio.

Gisele apartó el plato.

–Tengo que recoger mis cosas. Aún no he hecho la maleta.

–Pero si no has deshecho la maleta –observó Emilio irónicamente.

–Tengo que... peinarme –Gisele se pasó una mano por el pelo–. Lo tengo todo revuelto.

–Estaba perfectamente hasta este momento, cuando te has llevado la mano a la cabeza y te lo has revuelto –observó Emilio.

–Tengo que maquillarme.

–Ya estás maquillada –comentó él.

Gisele se mordió el labio inferior; entonces, hizo una mueca de dolor y se llevó dos dedos a los labios.

Emilio sintió un nudo en el estómago.

–¿Te duelen? –preguntó él.

–Otras cosas me han dolido más –contestó ella.

Se hizo un momentáneo silencio.

–Lo siento –dijo Emilio por fin.

–¿El qué? ¿Haberme pagado para que vuelva a tu vida o haberme echado como si hubiera tenido la lepra?

–Ya te he dicho que no me enorgullezco de lo que hice hace dos años. Quiero aprovechar esta oportunidad para compensarte –Emilio lanzó un suspiro–. La noche que te dije que te marcharas... debió de ser terrible para ti.

–No fue el mejor momento de mi estancia en Italia, eso por supuesto –respondió ella con gesto de no darle importancia–. Pero me hizo más fuerte.

Emilio paseó la mirada por el cuerpo de ella.

–No se te ve más fuerte, *cara* –comentó él con voz suave–. Quieres dar esa impresión, pero no lo consigues del todo.

Gisele parecía empeñada en evitar mirarle a los ojos.

–Preferiría que no me llamaras eso –dijo ella.

–En el pasado, siempre te llamaba *cara*.

–El pasado ha quedado atrás –contestó ella con voz tensa–. El presente es diferente.

–No tan diferente. Volvemos a estar juntos.

Gisele le lanzó una mirada desafiante.

–Solo por un mes.

Emilio se llevó la taza de café a los labios y bebió un sorbo antes de responder:

–Quizá, después de pasar allí un tiempo, cambies de opinión y decidas quedarte.

–¿Para hacer qué? –preguntó ella–. ¿Para agarrarme de tu brazo, obedecerte en todo y renunciar a tener una opinión propia? No, gracias. Me he hecho mayor. Espero de la vida algo más que ser el juguete de un hombre rico.

Emilio tuvo que esforzarse para contener su irritación.

–Ibas a ser mi esposa, no un juguete –respondió él en tono de reproche.

–¿Por qué me pediste a mí que me casara contigo, Emilio? ¿Por qué a mí y no a cualquiera de las otras con las que habías salido antes que conmigo? ¿Qué tenía yo de particular?

Emilio dejó la taza dando un golpe en la mesa con ella.

–Creo que conoces la respuesta, Gisele.

–Porque era virgen, ¿verdad? –dijo ella–. Toda una novedad en estos tiempos poseer a una mujer a la que nadie ha poseído antes. Naturalmente, era la candidata perfecta para ser tu esposa. Perfecta, hasta que estalló el escándalo y, de repente, no era digna de ti. Estaba manchada. Usada. Imperfecta. Y no hay nada que aborrezcas tanto como la imperfección, ¿verdad?

Emilio se apartó de ella con expresión sombría.

–Tenemos que marcharnos en menos de una hora –dijo él–. Creo que no es necesario que te recuerde que, tan pronto como salgamos del hotel, todo el mundo estará pendiente de cómo nos comportamos el uno con el otro. No voy a tolerarte insultos ni rabietas de niña mimada... ni delante de mis empleados, ni delante de la prensa ni en público. Cuando quieras discutir conmigo, ten la decencia de esperar a que estemos solos.

Gisele le miró alarmada.

–No esperas que aparente estar enamorada de ti, ¿verdad?

Emilio le dedicó una mirada severa.

–Eso es exactamente lo que espero de ti –contestó él–. Se supone que estamos resucitando nuestra relación.

A Gisele le dio un vuelco el estómago.

–No puedo fingir algo que no siento.

–No vas a tener más remedio –dijo él implacablemente–. No voy a darte dos millones de dólares por lanzarme miradas asesinas delante de todo el mundo. Si no estás de acuerdo, dímelo ahora, rompemos el contrato y damos el asunto por zanjado. Tú dirás qué quieres hacer.

Gisele vaciló. ¿Podría hacerlo? ¿Podría representar el papel que había asumido unos años atrás voluntariamente? Era solo por un mes. Cuatro semanas de cara a la galería; en privado, podría ser ella misma.

–Está bien, lo haré.

Por fortuna, no había periodistas cuando Gisele y Emilio salieron del hotel para tomar su vuelo. Pero muy distinto fue cuando aterrizaron en el aeropuerto Leonardo da Vinci de Roma. Tan pronto como cruzaron la aduana, los paparazis se arremolinaron alrededor de ellos como moscas a la miel.

Gisele se sintió agobiada y asaltada por imágenes del pasado cuando estalló el escándalo. Los chispazos de las cámaras fotográficas la hicieron parpadear. El corazón le latía con tal fuerza que temió la posibilidad de desmayarse.

Emilio, hablando en italiano, pidió a los periodistas que se retirasen para dejarla pasar, y la rodeó con los brazos con gesto protector.

–Señor Andreoni –le dijo un periodista acercándole un micrófono al rostro–, ¿es que la señorita Carter y usted van a casarse pronto?

–Vamos a pasar un tiempo juntos antes de tomar ninguna decisión –respondió Emilio.

Gisele había aprendido algo de italiano cuando vivía con Emilio, pero no lo suficiente para entender todas las palabras que estaban diciendo; sin embargo, entendió la palabra «matrimonio» en italiano. ¿Era eso lo que Emilio estaba diciendo a los periodistas?

–¿Señorita Carter? –era el mismo reportero el que ahora, poniéndole el micrófono delante, se dirigía a ella en inglés–. ¿Está contenta de haber vuelto con el señor Andreoni?

–Yo... sí, muy contenta –logró contestar Gisele.

–Hace dos años de su muy pública separación –continuó el periodista–, debe de sentir un gran alivio ahora que ha salido a la luz quién era la persona que aparecía en el vídeo pornográfico.

Gisele no quería hablar de la vida privada de su hermana. Sienna no había querido dar explicaciones, solo le había dicho que la prensa había exagerado el contenido e importancia del vídeo.

–¿Va su hermana a venir a visitarla a Italia, ahora que usted va a vivir aquí? –preguntó otro periodista.

–No tengo pensado quedarme...

–Ambos tenemos muchas ganas de pasar unos días con Sienna Baker –interpuso Emilio, cortándola–. Y ahora, si nos disculpan...

–Señorita Carter, una pregunta más... –era otro periodista.

–Basta –declaró Emilio con decisión.

Emilio la condujo al coche rápidamente.

–No olvides lo que te dije sobre tu comportamiento conmigo en público –le recordó Emilio.

Gisele notó que el chófer les miraba por el espejo retrovisor, a través del cristal de separación entre la parte delantera y los asientos posteriores del vehículo. Se arrellanó en el asiento, al lado de Emilio, a pesar de tener ganas de abrir la puerta y salir corriendo de allí.

Respiró hondo y miró por la ventanilla durante el trayecto. De repente, el Coliseo apareció ante sus ojos y se le hizo un nudo en la garganta. Aún recordaba la ilusión del primer viaje a Italia, después de conocer a Emilio, cuando estaba haciendo un curso de bordado en Londres. Se habían conocido en una exposición de arte a la que había ido con una compañera de clase. Tan solo unos minutos después de entrar en la pequeña galería, había notado los ojos de Emilio fijos en ella. Aún recordaba cómo le había latido el corazón mientras él se le acercaba. Mucho más alto que los demás, no solo en estatura, sino también en porte. Y una semana después, había reconocido estar completa y absolutamente enamorada de él.

–El ama de llaves es nueva –dijo Emilio interrumpiendo el silencio en el coche–, se llama Marietta.

–¿Qué ha pasado con Concetta? –preguntó Gisele frunciendo el ceño.

–La despedí al día siguiente de que tú te marcharas –respondió Emilio apretando los dientes.

–¿Por qué? Creía que era la mejor ama de llaves que habías tenido.

–Sí.

–Entonces... ¿por qué la despediste?

–Se pasó de la raya, me dijo que había sido un idiota por echarte –contestó él–. La despedí al instante.

–Bien por Concetta –dijo Gisele–. ¿No le has pedido que vuelva, ahora que voy a estar aquí?

Emilio juntó las cejas, mirándola fijamente.

–No volvería.

Gisele le dedicó una dulce sonrisa.

–Podrías ofrecerle dos millones de dólares.

Emilio, sin contestar, volvió el rostro hacia la ventanilla.

Cuando el chófer detuvo el coche delante de la casa de Emilio en el lujoso barrio residencial cerca del parque Villa Borghese, Gisele se quedó tan impresionada como dos años atrás, cuando vio por primera vez la impresionante construcción de cuatro pisos, jardines de estilo renacentista y una fuente en el centro de la explanada circular que rodeaba el camino de la entrada. Una casa digna de una persona que había triunfado en la vida.

Emilio le dijo al chófer que se encargara del equipaje y luego condujo a Gisele a la puerta principal de la casa, que se abrió como por arte de magia. Una mujer de unos cincuenta y tantos años y vestida con uniforme les saludó con sonrisa formal.

–*Bentornati, signorina* Carter –dijo la mujer–. Bienvenida. Felicidades por su compromiso matrimonial.

–*Grazie* –respondió Gisele, estrechando la mano del ama de llaves y devolviéndole la sonrisa con un esfuerzo.

¿Compromiso matrimonial? ¿Qué compromiso matrimonial? Apenas podía contener la ira. ¿Qué demonios había contado Emilio? Pero, por supuesto, no podía discutir con él delante de la empleada. Por lo tanto, se quedó muy quieta, con una falsa sonrisa estampada en el rostro mientras contenía la cólera.

Emilio habló a Marietta en italiano antes de volverse a Gisele.

–Marietta deshará tu equipaje mientras tú descansas –declaró él.

Gisele vaciló al pensar en la manta de Lily dentro de la maleta.

–¿Te... te importaría que lo hiciera yo misma? Además, he traído poca cosa. Por cierto, tengo que comprar algo de ropa.

–Yo me encargaré de que tengas toda la ropa que necesites –dijo él mirándola fijamente.

–De todos modos, insisto en deshacer mi equipaje –continuó ella–. Ya no estoy acostumbrada a que me sirvan.

–Como quieras.

Gisele sintió un gran alivio y le vio volverse para dar órdenes a Marietta. No quería que nadie tocara la manta de Lily.

Emilio se volvió de nuevo hacia ella, le tomó la mano y jugueteó con su dedo anular.

–Tengo el anillo de compromiso en un cajón del escritorio.

–¿Conseguiste sacarlo de la fuente? –preguntó ella arqueando las cejas.

–Con la ayuda de tres fontaneros, pero sí, lo conseguimos –contestó Emilio.

Gisele esperó a estar a solas con él en el despacho para dar rienda suelta a su enfado.

–¿Cómo te has atrevido a decirle al ama de llaves que estamos prometidos? ¡Ese no era el trato! Yo solo he accedido a pasar aquí un mes, pero no como prometida tuya.

La expresión de Emilio no se alteró, parecía como si estuviera tratando con una niña mimada.

–Tranquilízate, *cara*. No es necesario que te pongas histérica.

–¡No estoy histérica! –y Gisele dio una patada en el suelo para enfatizar la fuerza de sus palabras.

–No levantes la voz –dijo él.

Gisele cerró las manos en dos puños y dijo entre dientes:

–Lo has hecho a propósito, ¿verdad? Obligándome a llevar puesto ese anillo, haces que me resulte imposible que niegue que estamos prometidos.

–*Cara*, estás demasiado cansada –dijo Emilio–. Lo que dices no tiene sentido. Naturalmente que tienes que llevar mi anillo mientras estás aquí. Para que la gente se crea que nos hemos reconciliado, tiene que parecer que volvemos al punto donde lo dejamos.

Gisele le lanzó una furibunda mirada.

–Y crees que el que yo lleve puesto ese anillo automáticamente te dará derecho a acostarte conmigo, ¿verdad?

–Con anillo o sin anillo, vas a acostarte conmigo –declaró Emilio–. Vas a dormir en mi habitación, te guste o no. No quiero que los empleados de la casa sospechen nada.

A Gisele le dio un vuelco el corazón.

–Prefiero dormir en el suelo a acostarme en la misma cama que tú.

Y tras esas palabras, Gisele le dio la espalda, furiosa.

Al cabo de unos segundos, oyó abrirse la puerta de la caja fuerte y respiró hondo.

–Dame tu mano –le ordenó Emilio.

Gisele se volvió de nuevo, rígida como una estatua.

–Espero que no se te ocurra repetir la proposición matrimonial –comentó ella cínicamente.

Los ojos de Emilio brillaron momentáneamente.

–Se me llegó a pasar por la cabeza, pero he decidido no hacerlo.

–¿Por qué? –preguntó Gisele–. ¿Te preocupa que pueda decir que no?

Emilio le deslizó el anillo en el dedo y le sujetó la mano mientras capturaba su mirada.

–¿Estás segura de que dirías que no? –inquirió él.

–¿Por qué no haces la prueba? –le desafío ella.

Emilio lanzó una queda carcajada y ella tembló al sentir en todo el cuerpo la sensualidad de ese sonido.

–Estoy convencido de que accederías si el precio te pareciese justo –contestó Emilio antes de llevarse la mano de ella a los labios.

Gisele sintió cosquillas en el vientre. Tragó saliva cuando los labios de él le acariciaron el reverso de la muñeca. Quería cerrar los ojos y entregarse a la magia creada por él.

–Para –dijo ella, pero sin convicción, y convencida de que Emilio lo sabía.

Emilio le pasó la lengua por la muñeca, una lametada sensual que la hizo estremecer de placer. Contuvo un quedo gemido, decidida a no reconocer lo mucho que le afectaba la proximidad de él, el roce de él, la increíble habilidad de Emilio para derrumbar sus defensas. Las piernas apenas la sostenían. La columna vertebral parecía estar soltándose, vértebra a vértebra. ¿Dónde estaba su fuerza de voluntad? ¿Qué había pasado con la ira que tanto necesitaba?

–Sabes a verano –dijo Emilio con los labios pegados a su muñeca.

Gisele tembló al tiempo que él le daba un pequeño y suave mordisco. El deseo le irguió los pezones. ¿Cómo iba a poder resistirse a él? Estar tan cerca de Emilio y no responder a sus caricias era una tortura.

–Necesito una ducha –dijo Gisele.

–Date una ducha conmigo.

¡Los recuerdos que esas palabras despertaron! La llama de la pasión comenzó a quemarla al recordar el duro cuerpo de Emilio penetrándola bajo el agua de la ducha, el recuerdo de la lengua de él saboreándola íntimamente... y de ella devolviéndole caricia por caricia. Y las imágenes que le asaltaron la hicieron enrojecer.

—No —contestó ella, tratando de separarse de Emilio.

Él, mirándola fijamente a los ojos, continuó sujetándola.

—No tardarás mucho en cambiar de parecer, *cara*. Los dos lo sabemos, ¿no es cierto?

Gisele le lanzó una mirada encolerizada.

—Suéltame.

Emilio la estrechó contra sí y le dio un duro beso en la boca antes de soltarla.

—Vete y descansa un rato —dijo él—. Nos veremos en la cena.

Gisele había temido el momento de entrar en el dormitorio de Emilio. Después de abrir la puerta, le sorprendió ver que la habitación había cambiado por completo. La pintura era distinta, igual que la cama, las lámparas y la decoración. Se preguntó si Emilio lo había hecho intencionadamente, con el fin de borrar la presencia de ella después de apartarla de su vida.

La habitación ahora tenía un aire veneciano, con la ropa de cama y las cortinas en negro y dorado. Las lámparas de mesa, a ambos lados de la enorme cama, tenían incrustaciones de ónice y oro. Y la alfombra hacía juego con las cortinas y la ropa de cama.

El cuarto de baño era de mármol negro pulido con grifería dorada al igual que los marcos de los espejos. Había una ducha con dos cabezas de ducha, una bañera hundida de mármol y una toallera con montones de toallas blancas.

Era una decoración lujosa y decadente, perfecta para la seducción, pensó ella mientras se apartaba de ahí y se acercaba a las puertas de balcón que daban a una terraza con vistas a los jardines.

Abrió el balcón y salió afuera a respirar el cálido aire primaveral con un ligero aroma a rosas. Los jardines de la parte de atrás de la casa no habían cambiado, los mismos setos, las mismas plantas herbáceas y las rosas de siempre. Había un sendero bordeado de lavanda que conducía a una fuente más grande que la de la entrada. El sonido del agua siempre le había relajado. Cuántas noches se había quedado dormida en los brazos de Emilio oyendo el rumor de esa fuente y pensando en su futuro juntos...

Salió de su ensimismamiento, volvió a entrar en la habitación y cerró la puerta de la terraza. Después, salió del dormitorio.

Siguiendo el pasillo, encontró otra habitación decorada en tonos café y blanco, con grandes ventanales con vistas también a los jardines.

Después de deshacer el equipaje y guardar sus cosas en el armario, encontró un cajón en el que puso la manta de Lily y unas fotos.

Un profundo cansancio la invadió de repente. Apenas se quitó los zapatos, se tumbó en la cama, cerró los ojos y se quedó dormida.

Emilio entró en varias habitaciones en busca de Gisele; por fin, la encontró en el dormitorio más distante del suyo. Su cabello rubio platino estaba desparramado sobre la almohada, su delgado cuerpo apenas hundiendo el colchón. Parecía un ángel, un ángel de rasgos perfectos; sin embargo, tan pálida que apenas parecía real. ¿Cómo iba a conseguir traspasar la barrera del enfado de ella? Tendría que hacerlo poco a poco, paso a paso.

Mirando al pasado, se daba cuenta de lo mal que había tenido que pasarlo Gisele cuando él la apartó de su vida. En el momento, la había tenido por una cazadotes disgustada por ver venirse abajo sus planes en el último minuto. Ahora, sin embargo, la veía tal y como era: una mujer joven que había amado profundamente y cuya vida, por un antojo del destino, se había venido abajo sin que ella hubiera tenido culpa alguna.

¿Adónde había ido Gisele?

¿A quién había pedido ayuda?

Él había cometido un grave error.

Emilio se la quedó mirando, vio cómo le temblaban los labios, la oyó murmurar y mover las manos como si estuviera buscando algo en la cama. Entonces, Gisele comenzó a moverse y a gemir:

—No, no... por favor, no...

—Gisele, shhh, vamos, tranquila, no pasa nada —dijo Emilio con voz suave después de sentarse en el borde de la cama y tomarle las manos.

Gisele abrió los ojos y, bruscamente, se incorporó hasta sentarse en la cama. Al principio, pareció desorientada; después, su expresión se tornó hostil.

—¿Qué haces aquí? —le preguntó ella retirando las manos de las de él.

–No lo digo por ofenderte, pero esta es mi casa y estás en una de las habitaciones de mi casa –contestó Emilio.

Gisele se retiró un mechón de pelo de los ojos con gesto irritado y le lanzó una mirada llena de reproche.

–No deberías espiar a la gente –comentó Gisele.

–No te estaba espiando –respondió él–. Estaba buscándote, te he encontrado aquí, me ha parecido que tenías una pesadilla y he tratado de calmarte, eso es todo.

Gisele se mordió el labio inferior, las mejillas se le enrojecieron y evitó su mirada.

Emilio, poniéndole una mano en la barbilla, le hizo volver el rostro y mirarle a los ojos.

–¿Tienes pesadillas con frecuencia, *cara*? –preguntó Emilio.

Una sombra cruzó los azules ojos de ella.

–De vez en cuando.

Emilio le acarició la mejilla con el dedo pulgar.

–Me gustaría poder borrar estos dos últimos años –declaró él–. Me gustaría volver atrás el reloj. Ojalá no te hubiera dicho lo que te dije.

Gisele no respondió. Se limitó a mirarle con expresión acusadora.

–¿Qué hiciste la noche que te eché de mi casa? –preguntó Emilio.

–Me fui a un hotel –respondió ella–. Al principio, me siguieron unos periodistas, pero conseguí esquivarlos. Al día siguiente, tomé un avión para Sídney.

–En estos dos años, ni una sola vez trataste de

ponerte en contacto conmigo –comentó él, aún acariciándola.

–Me lo prohibiste, ¿o no te acuerdas?

Emilio la miró fijamente durante unos momentos antes de bajar la mano.

–Servirán la cena dentro de media hora –anunció él al tiempo que se ponía en pie–. Te veré abajo.

Capítulo 5

DESPUÉS de darse una ducha, Gisele se puso un vestido ceñido color pardo y un par de tacones. Se secó el pelo, se lo recogió en un moño y se maquilló lo mínimo. Clavó los ojos en el anillo de compromiso, que ahora le quedaba grande. El enorme brillante había girado hacia la parte de la palma de la mano, por lo que no era visible. ¿Un mal presagio?

Emilio estaba en el salón cuando ella bajó. Estaba tomando un aperitivo junto al ventanal. Cuando se volvió, le paseó la mirada por el cuerpo como una caricia.

—Estás preciosa —dijo él.

—Gracias —Gisele no pudo evitar un leve sonrojo.

—¿Qué quieres beber? —le preguntó Emilio.

—Una copa de vino blanco.

Emilio le sirvió el vino y se lo llevó. Y ella vio cómo se le oscurecían los ojos, clavados en los suyos.

—¿Te encuentras mejor después de haber descansado un rato? —le preguntó Emilio.

—Sí —respondió ella, y bebió un buen trago de vino para calmar los nervios.

–¿Por qué no te has instalado en mi habitación, como te dije que hicieras?

–No puedes obligarme a acostarme contigo –contestó Gisele–. Necesito más tiempo. Me están pasando muchas cosas y con demasiada rapidez.

–¿No te ha gustado la decoración? –preguntó Emilio.

–Según parece, no has reparado en gastos para borrar todo rastro que yo hubiera podido dejar en la habitación –comentó ella con aspereza.

Emilio se llevó la copa a los labios con expresión inescrutable.

–Necesitaba un cambio.

–Dime, ¿les ha gustado a tus siguientes novias?

Emilio frunció el ceño.

–Si no te gusta la decoración, podemos instalarnos en otra habitación, Gisele. Pero, en cualquier caso, te vas a acostar conmigo. No voy a permitir que se extienda el rumor de que no mantenemos relaciones.

–¿Cuánto tardaste en sustituirme? –preguntó ella.

–Gisele, ese camino no conduce a ninguna parte.

–¿Cuántas? –insistió ella con un nudo en la garganta.

–Yo podría hacerte la misma pregunta.

–Bien, adelante, hazla –le instó Gisele.

–Está bien, ¿cuántos amantes has tenido después de que rompiéramos? –preguntó Emilio apretando los dientes.

Gisele se arrepintió de haberle provocado. ¿Tenía el valor de mentirle para hacerle sufrir? ¿Se atrevería a inventarse amantes? Pero... ¿qué sentido tenía eso? Además, Emilio notaría que estaba mintiendo.

–Ninguno –respondió ella tras una tensa pausa.

–Gisele...

–Pero no pienses que ha sido por falta de oportunidades –añadió ella rápidamente–. Lo que pasa es que no me apetecía tener relaciones con nadie. Y otra cosa, que no se te pase por la cabeza que estaba esperando a que tú vinieras a buscarme, porque no ha sido así.

Emilio, con la copa en la mano, se acercó al ventanal, de espaldas a ella. Cuando por fin habló, lo hizo con voz profunda, con sentimiento.

–¿Me creerías si te dijera que estaba pensando en ponerme en contacto contigo antes de enterarme de la existencia de Sienna?

A Gisele le dio un vuelco el corazón.

–¿Por qué?

Emilio se apartó de la ventana y se volvió de cara a ella con expresión inescrutable.

–No lo sé con certeza –respondió Emilio–. Supongo que quería ver si te encontrabas mejor que yo.

–¿Qué quieres decir?

–La amargura y el enfado no son buenos compañeros en la vida –contestó Emilio–. Supongo que me había cansado de estar enfadado. Me pasé dos años consumido por la ira. No podía pensar en otra cosa. Al final, llegué a un punto en el que me resultaba imposible continuar. Fue entonces cuando pensé en ponerme en contacto contigo, quizá para preguntarte, cara a cara, por qué me habías traicionado.

–Yo no te había traicionado.

Emilio lanzó un sonoro suspiro.

–Sí, ya lo sé. Cometí un error, algo a lo que no estoy acostumbrado. No suelo cometer errores.

Gisele clavó los ojos en la copa de vino y pensó en lo que él le había dicho sobre su enfado y amargura. A ella también le había consumido la ira. No obstante, todavía no estaba preparada para admitirlo y cambiar de actitud.

Marietta apareció en ese momento para anunciar que la cena estaba lista.

Gisele siguió a Emilio al comedor. Allí, la mesa estaba preparada para una romántica cena para dos: un ramo de flores del jardín y candelabros con velas.

Emilio la ayudó a sentarse antes de hacerlo él.

–He estado pensando en tu negocio –comentó Emilio–. ¿Empleas a bordadoras para que te ayuden?

–No –respondió Gisele–, lo hago todo yo. Me gusta trabajar por encargo, a los clientes les gusta que el trabajo sea personalizado.

Emilio le sirvió más vino.

–No obstante, si recibieras más encargos, supongo que no podrías hacerlo todo tú.

–Hasta el momento, no he tenido problemas.

–Sí, pero tan pronto como tu negocio despegue aquí, la situación va a cambiar –apuntó Emilio–, ¿Qué vas a hacer entonces?

Gisele se mordió el labio inferior.

–He traído algo de trabajo conmigo...

–Gisele, no podrás trabajar como has hecho hasta el momento –insistió Emilio–. Tendrás que contratar a algunas bordadoras, no tienes alternativa. Lo único que tienes que hacer es elegir a gente buena y controlar el producto.

Gisele le lanzó una mirada defensiva.

–Sé lo que me hago. Lo hago bien. Me gusta mi trabajo.

–La parte creativa de tu trabajo no es problema, *cara* –dijo Emilio–. He visto tus bordados, son exquisitos. Tienes mucho talento. Lo único que digo es que no te será posible hacerlo todo tú sola. Tienes que pensar en cómo vas a conseguir satisfacer la demanda cuando esta aumente; de lo contrario, la gente se buscará a otra.

Gisele apretó los labios antes de contestar.

–De acuerdo, lo pensaré.

Emilio lanzó un suspiro, estiró los brazos y le tomó una mano.

–Mírame, *cara*.

Gisele lo miró, pero con resentimiento.

–No voy a permitir que controles mi vida. He salido adelante sin tu ayuda. Mi tienda es uno de los comercios de más actividad en toda la calle.

–Lo sé –contestó él–. Sé que te ha ido muy bien. Lo único que quiero es ayudarte a mejorar, a que aumenten los beneficios de tu negocio. De esa manera, si las cosas no salen bien entre los dos, tendrás una base más sólida cuando vuelvas a tu casa.

Marietta apareció con la cena y Emilio llevó la conversación a temas menos contenciosos.

Gisele hizo un esfuerzo por hacer justicia a la deliciosa cena, pero estar con Emilio la hacía sentirse nerviosa y le excitaba al mismo tiempo. Emilio, cuando quería, era encantador. No podía evitar sentirse atraída por él. Los ojos de Emilio eran hipnotizantes y contenían una promesa sexual en sus profundidades.

Después de servirles café en el salón, Marietta anunció que se iba a casa ya.

–¿No vive aquí, como Concetta? –preguntó Gisele tras la marcha del ama de llaves.

–No –respondió Emilio–. Marietta vive en su casa, con su marido y sus dos hijas. Prefiere pasar allí las noches.

–En ese caso, si ella no está aquí por las noches, no hay razón para que no pueda tener mi propia habitación –observó Gisele.

La expresión de él se endureció.

–Viene muy pronto por las mañanas. ¿Qué quieres hacer, levantarte corriendo y venir a mi habitación para disimular?

Gisele dejó la taza de café y se puso en pie.

–Hay muchas parejas que duermen por separado –contestó ella–. Mis padres, a pesar de estar casados, tenían habitaciones separadas.

Emilio se levantó y se acercó a ella.

–Nuestra relación es distinta –dijo él, agarrándole las manos con suavidad y firmeza simultáneamente–. ¿Por qué niegas lo inevitable? Sé que nuestra ruptura te hizo sufrir. Comprendo que estés enfadada aún. Pero ahora que se nos presenta la oportunidad de arreglar las cosas entre nosotros, tú pareces empeñada en sabotear mis intentos de aproximación a ti.

–Hay cosas que no tienen arreglo –declaró Gisele con los ojos fijos en sus manos unidas, evitando la mirada de él.

Sintió un cosquilleo en el vientre cuando Emilio comenzó a acariciarle los dedos, una respuesta femenina a la virilidad de él. Sintió la llama del deseo en la entrepierna: una pulsación rítmica que la acercaba a...

Emilio le alzó la barbilla. Tenía las pupilas tan dilatadas que apenas se distinguían los iris de los ojos.

–¿Estás luchando contra mí o contra ti misma, *cara*?

–Te odio –sin embargo, esas palabras le salieron más huecas que unos días atrás.

–Eso no significa que el sexo conmigo no vaya a ser satisfactorio –dijo Emilio antes de acariciarle el lóbulo de la oreja con los labios.

Gisele tembló. Un delicioso escalofrío le recorrió el cuerpo cuando Emilio acercó la boca hacia la suya, jugueteando, despertando todo tipo de sensaciones en ella, haciéndola anhelar la caricia de esos labios.

Lanzó un leve gemido un momento antes de que la boca de Emilio se apoderara de la suya. Pero no fue un beso duro como el último que se habían dado, sino suave y sensual, a la vez que sumamente intenso. Al sentir la lengua de él en los labios, los abrió para permitirle la entrada; entonces, sus alientos se mezclaron, sus lenguas se unieron en un erótico ritual que azuzó la llama de la pasión.

Cuando Emilio le puso una mano en la nuca, la espalda le tembló de anticipación. La boca de él cambió de posición, y ella sintió la urgencia del deseo de Emilio; y aunque aún se controlaba, el deseo le exigía satisfacción con más y más insistencia.

Emilio le puso la otra mano en la zona lumbar de la espalda, pegándosela al cuerpo, al duro miembro. Y al sentir la erección de Emilio, el corazón le dio un vuelco y las piernas le temblaron, mientras seguían besándose.

Era maravilloso sentir otra vez. La energía sexual le daba vida...

Emilio, estrechándola contra sí con más fuerza, lanzó un gruñido gutural. Y ella se frotó contra él, el centro de su feminidad anhelando la posesión. Era casi dolor lo que sentía dentro, unos latidos rítmicos que vibraban en todo su cuerpo.

—Te deseo —rugió él como un lobo, junto a los labios de ella.

Gisele no necesitaba decir que también le deseaba, lo estaba haciendo su cuerpo por cuenta propia, un mensaje innegable. Se apretó contra Emilio, aplastando los senos contra el duro torso de él, dándole satisfacción a su boca con la de Emilio.

Emilio le bajó la cremallera del vestido y le acarició la piel desnuda de la espalda hasta hacerla creer que las piernas se le iban a doblar. Entonces, le desabrochó el sujetador, y este cayó junto con el vestido, dejándola tan solo en bragas y tacones. Bajó la cabeza y se apoderó de uno de los pezones de ella con la boca, lo chupó y después pasó al otro. Y ella gimió de placer. Era maravilloso sentirle con la piel, que la aspereza de la barba incipiente del rostro de Emilio se la acariciara.

Gisele comenzó a desabrocharle la camisa, botón a botón, mientras saboreaba con la lengua el sabor salado de la piel de Emilio al mordisquearle los pezones.

Emilio se despojó de la camisa mientras ella bajaba las manos a la cinturilla de los pantalones y lanzó un gruñido al sentirlas en la bragueta.

–Sabía que volverías a mí –dijo Emilio con voz ronca, junto a los labios de ella–. Sabía que no podrías resistirlo.

Esas palabras fueron como una jarra de agua fría, le hicieron recuperar la razón. ¿Tan seguro estaba Emilio de sí mismo y de la reacción de ella?

–Espera un momento –Gisele retiró las manos del cuerpo de Emilio.

Él frunció el ceño.

–¿Te pasa algo?

Gisele respiró hondo y se cruzó de brazos para cubrirse los pechos.

–No puedo hacer... esto –dijo ella–. Así, no... no aquí...

–En ese caso, vamos a arriba.

–No –respondió ella mirándolo significativamente.

–¿No?

–Lo siento –Gisele se agachó a recoger el vestido y el sujetador, las mejillas le ardían. Se vistió con la dignidad que pudo y, antes de encararse a él, se pasó una mano por el cabello–. Perdona, Emilio, sé que debería haber puesto fin a esto un poco antes. Creo que no estaba pensando. Cuando estoy contigo, me siento confusa. Supongo que eso es algo que no ha cambiado en estos dos años.

Emilio le dedicó una sonrisa burlona y le acarició la mejilla con la yema del dedo índice.

—Me gusta que no pienses. Cuando más me gustas es cuando, en vez de pensar, solo sientes.

Gisele se mordió el labio inferior.

—Hace mucho tiempo que no me pasaba —confesó ella con voz queda.

Emilio le cubrió la mejilla con la mano, sus ojos negros llenos de ternura.

—Lo sé —dijo él—. Por eso es por lo que quiero que, cuando nos volvamos a acostar, sea especial. Quiero saborear el momento.

—Hablas como si me hubieras echado de menos.

Emilio le acarició el labio inferior con el dedo pulgar.

—Los primeros días después de que te fueras, no había quien me aguantara —confesó Emilio—. Perdí el encargo de un proyecto. Estaba tan furioso que incluso se me pasó por la cabeza que tú tenías algo que ver con ello. Tuve que trabajar duro para compensar la pérdida de ese contrato. En realidad, en dos años, el viaje que he hecho a Sídney ha sido el único tiempo que me he tomado libre.

Gisele imaginó a Emilio trabajando sin parar para olvidarse de ella. Siempre había sido un hombre con dedicación en todo lo que hacía, por eso había logrado el éxito que tenía. En una ocasión, le había dicho que, de pequeño, cuando decidió ser arquitecto, sabía que nada lograría interponerse en su camino. Y así había sido. Emilio se había convertido en uno de los mejores arquitectos del mundo.

—Dime, ¿le has hablado a Sienna de nosotros? —preguntó Emilio de repente.

—Le dije algo, pero sin ahondar mucho —respondió Gisele—. No quería que se sintiera culpable de nuestra ruptura. Piensa que, aunque somos gemelas, prácticamente no nos conocemos. Nos llevará un tiempo acostumbrarnos la una a la otra.

—¿Te gusta tu hermana? —preguntó Emilio—. ¿Crees que podrás llegar a quererla?

Gisele pensó en su vivaz gemela, en su naturaleza generosa e impulsiva. Por lo poco que la había visto, le había parecido que Sienna se enfrentaba a la vida con cierta temeridad, lo que debía de haberle causado problemas. Pero era imposible no encariñarse con ella.

—Sienna me parece una persona encantadora —contestó Gisele—. Es inteligente, descarada y sofisticada. Pero me parece que los medios de comunicación han presentado una imagen errónea de ella al describirla como una mujer hedonista, sin freno y sin ética. En mi opinión, Sienna es una persona muy sensible, pero se esconde tras una imagen de chica alegre.

—A finales de mes tengo que ir a Londres a ver a un cliente —comentó Emilio—, me gustaría que me acompañaras. Me gustaría que me presentaras a Sienna y así, al mismo tiempo, podrías pasar unos días con ella mientras yo trabajo.

—Me gustaría mucho verla —confesó Gisele—,

pero no quiero mentirle respecto a nuestra relación. Una cosa es fingir delante de los medios de comunicación y otra muy distinta es mentirle a mi hermana.

—Quizá no sea necesario que mientas, *cara* —dijo Emilio, acariciándole los labios con el pulgar.

A Gisele le picaron los labios. Tuvo que hacer un esfuerzo por controlar la llama de la pasión. Decidió que lo mejor era apartarse de él y eso fue lo que hizo.

—Me parece que me voy a acostar ya —dijo Gisele—. Buenas noches.

Emilio no respondió, pero ella sintió el calor de la mirada de Emilio en la espalda mientras se acercaba a la puerta y salía de la estancia.

Capítulo 6

GISELE estaba abriendo la cama cuando oyó abrirse la puerta del dormitorio y Emilio, con albornoz y el pelo mojado, entró en la habitación.

–¿Qué haces aquí? –le preguntó ella sin disimular su enfado.

–Voy a acostarme –contestó él al tiempo que se quitaba el albornoz.

Gisele no pudo evitar quedarse mirando el duro y musculoso pecho, el liso abdomen y el miembro parcialmente erecto. El corazón pareció querer salírsele del pecho.

–Te he dicho que...

–Y yo te he dicho que vamos a compartir la cama durante un mes aunque no hagamos el amor. No voy a forzarte. Me conoces lo suficientemente bien como para saber que nunca haría eso.

Gisele tragó saliva.

–Eso da igual –Gisele se pasó la lengua por los labios; de repente, muy secos.

Emilio la miró con un brillo travieso e intenso en los ojos.

–Me parece que no sabes lo que quieres, Gisele. Hay momentos en los que me miras como si quisieras arrojarte a mis brazos y pasarte la vida abrazada a mí; en otras ocasiones, me miras como si quisieses arrancarme los ojos. Vas a tener que decidirte por una cosa u otra.

Para Gisele, el problema era que la razón le dictaba una cosa y el cuerpo otra muy distinta. Desgraciadamente, con las prisas de disimular lo mucho que le deseaba, se apartó de la cama con demasiada brusquedad y, al hacerlo, tiró accidentalmente el vaso de agua de la mesilla de noche y las pastillas para dormir. El vaso acabó en la alfombra y el bote de pastillas junto al pie izquierdo de Emilio.

Con la boca seca, le vio agacharse para recoger el bote.

–¿Qué son estas pastillas? –preguntó Emilio, y frunció el ceño mientras leía la etiqueta.

–Dámelas –Gisele intentó arrebatárselas.

Emilio apartó la mano, impidiéndole que se lo quitara, y continuó leyendo.

–¿Pastillas para dormir? –preguntó él mirándola fijamente.

–¿Y qué? –Gisele le miró con expresión defensiva–. Mucha gente toma pastillas para dormir.

–¿Cuánto tiempo hace que las estás tomando?

Gisele se cruzó de brazos y sus labios se cerraron en una firme línea.

–Gisele... –Emilio le alzó la barbilla, obligándola a mirarle a los ojos–. ¿Cuánto tiempo llevas tomando pastillas para dormir?

Gisele lanzó un tembloroso suspiro.

–Un tiempo... unas cuantas semanas... quizá dos meses.

–Deberías dejar de tomarlas. Crean adicción.

Gisele alzó los ojos al techo.

–Hablas como mi médico.

–*Cara*, ¿tengo yo la culpa de que estés tomando pastillas para dormir? –preguntó él con voz grave.

Gisele pensó en las semanas de después de que Emilio la echara de su vida, semanas en las que pasaba el día entero durmiendo, sumida en una profunda depresión: peinarse era todo un esfuerzo, ir a abrir la puerta era como correr un maratón... Solo se había sentido a gusto en el calor y la seguridad que la cama le proporcionaba.

Entonces, descubrió que se había quedado embarazada. La noticia la sacó de la depresión y la hizo volver a enfrentarse a la vida con renovada esperanza y cierta alegría.

¿Tenía Emilio la culpa de la muerte de Lily?

Durante un tiempo, eso era justamente lo que había creído; pero, al final, se había dado cuenta de que nadie tenía la culpa. «Era una de esas cosas...», según los médicos. Un defecto genético, un error de la naturaleza.

–No –respondió Gisele en un susurro–. No, tú no tienes la culpa.

Era el recuerdo del llanto de Lily lo que no le permitía dormir por las noches. La única forma de escapar a la tortura de oír ese llanto era atontarse con pastillas. Y ni siquiera así lo lograba siempre.

Emilio la miró fijamente a los ojos, como si tratara de leerle el pensamiento.

–¿Es por el negocio? ¿Por la muerte de tu padre? ¿Por Sienna?

Gisele le apartó la mano de su rostro, se separó de él y se abrazó a sí misma. ¿Debía contarle lo de Lily? ¿No tenía derecho Emilio a saber que había sido padre, aunque solo hubiera sido por unas horas? Además... ¿Y si Emilio se enteraba por casualidad? ¿No sería mejor que se lo dijera ella a que lo hiciera otra persona? Pero no podía soltarlo así, sin más. Tendría que elegir el momento oportuno.

–He pasado unos momentos muy difíciles –contestó ella–. No se trata de una cosa en concreto, sino de todo en general.

–De todos modos, no me gusta que te drogues. Antes nunca tuviste problemas para dormir.

–Si no recuerdo mal, había noches que casi no dormíamos –comentó ella al tiempo que le lanzaba una mirada irónica.

Las palabras parecieron flotar en el aire durante un momento, conjurando eróticas imágenes del pasado, viejos fantasmas...

Gisele vio pasión en los ojos de Emilio, que miraba su cuerpo apenas cubierto con un camisón de satín que no dejaba mucho a la imaginación. Sintió cómo se le erguían los pezones y se dio cuenta de que a Emilio no le había pasado desapercibido. El vientre se le tensó y sintió calientes latidos en la entrepierna. Y vio engordar y alzarse el miembro de Emilio, y la fuerza y la potencia de él le quitaron la respiración.

–Es verdad, tienes razón –contestó Emilio con pasión en la mirada, clavando los ojos en los de ella.

–Por favor, Emilio, no...

–¿No, qué, *cara*? –preguntó Emilio acercándose a ella–. ¿Esto?

Entonces, Emilio le acarició el cuello con los labios, debajo del lóbulo de la oreja...

Gisele tembló. Quería alzarse, quería pegar su sexo al de él. Quería sentirle dentro...

–Esto era lo que nos mantenía despiertos, ¿te acuerdas? –le susurró Emilio junto a la boca.

Gisele se humedeció los labios, el corazón parecía a punto de salírsele del pecho. Tantas sensaciones... estaba casi mareada. Lo recordaba todo. Recordaba cómo la había hecho sentir Emilio, cómo podía despertar su pasión...

Y sabía que seguía deseándole.

El tiempo pareció detenerse.

De repente, Emilio, rompiendo el hechizo, dio un paso atrás, hasta el sitio donde había dejado caer el albornoz.

Gisele parpadeó un par de veces, sin comprender. Le vio ponerse el albornoz y atarse el cinturón; al parecer, impasible a lo que había pasado entre los dos apenas unos segundos antes. ¿Qué se proponía? ¿Demostrarle lo poco que la necesitaba? ¿Dejar claro que era una entre tantas, con la que podía acostarse si le apetecía?

Emilio era el único hombre con el que ella quería acostarse, no podía imaginar desear a ningún otro. Era como si su cuerpo le perteneciera a él, le había pertenecido durante más de dos años.

–Te concederé el resto de la semana para que te acostumbres a la nueva situación –dijo Emilio–. Le pondré cualquier excusa a Marietta que explique que estamos en habitaciones separadas.

–¿Y después? –preguntó Gisele.

–Creo que los dos sabemos la respuesta –contestó Emilio clavándole los ojos en los suyos.

–¿Crees que dos millones de dólares van a bastar para hacerme disfrutar acostarme contigo? –preguntó ella.

Emilio sonrió al tiempo que abría la puerta para marcharse.

–Me aseguraré de que así sea.

Gisele durmió mal aquella noche. Cuando se levantó, se dio una ducha, se vistió y se maquilló sin prisas, con la esperanza de que, al bajar, Emilio hubiera desayunado y se hubiera marchado a trabajar.

Por fin, bajó las escaleras, dispuesta a demostrar a Emilio que no le necesitaba, decidida a mantenerse ocupada todo el día.

Cuando Marietta la vio, de camino a la terraza con una bandeja de bollos y fruta, le dijo:

–El señor Andreoni la está esperando ahí fuera. ¿Quiere que le prepare un té?

–Sí, gracias –respondió Gisele forzando una sonrisa.

Al parecer, no iba a poder zafarse de Emilio con facilidad, a pesar de ser casi las once de la mañana. Lo que era extraño, ya que Emilio solía salir de la casa temprano. En el pasado, incluso había pasado la mayoría de los fines de semana trabajando.

Emilio estaba tomando un café cuando ella salió

a la soleada terraza. Tenía un aspecto extraordinario, se le veía descansado y sano. Llevaba pantalones negros y camisa blanca remangada hasta los codos, tenía la piel morena y un aspecto irresistible.

Al verla, Emilio dejó la taza en la mesa, se levantó y apartó una silla para que ella se sentara.

–*Cara*, no pareces haber pasado una buena noche –comentó él–. ¿Ni con las pastillas has conseguido dormir?

Gisele le lanzó una furiosa mirada antes de dejarse caer en la silla.

–¿Cómo es que no estás en el trabajo? –preguntó ella.

–Me he tomado el día libre para pasarlo contigo –respondió Emilio–. Eso es lo que hacen las parejas que se acaban de reconciliar, ¿no te parece?

–No deberías haberte molestado –dijo Gisele colocándose la servilleta encima de las piernas–. La verdad es que no me apetece estar con nadie.

–Pues lo siento, pero tenemos que pasearnos juntos para que se nos vea –comentó él, y agarró la taza de café–. Esta tarde tenemos que asistir a una función, así que he pensado que deberíamos salir a comprarte algo de ropa para la función.

–Puedo ir yo sola, no es necesario que me acompañes –respondió ella mirándole–. No necesito que nadie me lleve las bolsas.

Emilio dejó la taza en la mesa una vez más.

–Gisele, te aconsejo que no te extralimites –dijo él con severidad–. Estoy intentando ser paciente contigo, pero todo tiene un límite.

Gisele vio dureza en los oscuros ojos de Emilio y apartó la mirada de él.

–¿Qué le has dicho a Marietta? ¿Cómo le has explicado que yo esté durmiendo en otra habitación? –preguntó ella para romper el tenso silencio que se había creado.

–Le he dicho que roncas.

Gisele abrió los ojos desmesuradamente.

–¿Que le has dicho qué?

Emilio se encogió de hombros, volvió a agarrar la taza y se la llevó a los labios.

–No tiene importancia, *cara*, mucha gente ronca.

–¡Pero yo no! –exclamó ella ofendida–. ¿Por qué no le has dicho que el que ronca eres tú?

–Porque no soy yo quien se opone a que nos acostemos juntos –contestó él en tono suave.

Gelese lanzó un gruñido, agarró un bollo y lo hizo trozos.

–Podías haberle puesto otra excusa menos ofensiva. Roncar parece tan poco... sexy.

–¿Vas a comerte ese bollo o solo quieres jugar con él? –le preguntó Emilio.

Gisele apartó el plato con el bollo deshecho.

–No tengo hambre.

Él le lanzó una mirada retadora.

–¿Te has propuesto enojarme? –preguntó Emilio–. Porque, si es así, lo estás consiguiendo.

Gisele sintió un cierto placer. Le gustaba la sensación de poder que le daba conseguir enfadarle.

–En cualquier caso, no te vas a levantar de la mesa hasta que no hayas comido algo –declaró

Emilio tras un tenso y eléctrico silencio–. ¿Me has oído?

–Si quieres que coma, ¿por qué no dejas de molestarme? –preguntó Gisele, echando chispas por los ojos.

Ambos se callaron al oír los pasos de Marietta acercándose.

–Aquí está su té, señorita –dijo Marietta, dejando la tetera en la mesa, observándola fijamente.

–Gracias, Marietta –respondió Gisele con una sonrisa que no le llegó a los ojos.

–¿Necesitan algo más? –preguntó Marietta.

–No, nada más, gracias –dijo Emilio con firmeza.

Una vez que el ama de llaves se hubo marchado, Emilio se pasó una mano por el cabello.

–No es mi intención molestarte, Gisele –dijo él–. Es un momento difícil para los dos, tenemos que hacer un esfuerzo por acoplarnos, ambos tenemos que hacer concesiones. Quiero que lo nuestro funcione. Lo digo en serio.

–¿Por qué?

Emilio frunció el ceño como si, de repente, ella le estuviera hablando en un idioma desconocido.

–Porque lo que había entre los dos era bueno. No puedes negarlo, Gisele.

–Pues sí que lo niego –respondió ella–. ¿Qué tenía de bueno que yo tuviera que firmar un contrato prematrimonial? ¿Dónde estaba la confianza en la que debe basarse cualquier matrimonio?

–Nadie me ha regalado todo lo que tengo, me ha costado mucho esfuerzo –dijo Emilio–. Tengo derecho a proteger mis intereses. Si tanto te disgustaba, ¿por qué no lo dijiste en su momento?

Gisele apartó los ojos de él, avergonzada de haber sido tan sumisa en el pasado. Le había dolido mucho cuando Emilio se lo dijo, pero no protestó. Había firmado el contrato prematrimonial preguntándose si Emilio, algún día, llegaría a fiarse de ella lo suficiente como para dejar de temer que pudiera tratar de robarle o traicionarle.

–Gisele...

Ella lanzó un suspiro y se dispuso a servirse una taza de té.

–Dejemos el tema, ¿de acuerdo? Al fin y al cabo, da igual, ya que no vamos a casarnos.

–Puede que no dé igual... si decidimos que nuestra reconciliación sea permanente –comentó él.

Con mano temblorosa, Gisele dejó la tetera en la mesa después de servirse.

–¿Te has vuelto loco? –preguntó ella–. Jamás me casaría con alguien que no me quería lo suficiente para fiarse de mí.

–El amor y la confianza son dos cosas completamente distintas –declaró Emilio–. Lo uno no va necesariamente unido a lo otro.

–Para mí, sí –Gisele agarró su taza de té con ambas manos.

Emilio se la quedó mirando con expresión inescrutable.

–¿Crees que no te quería lo suficiente, *cara*?

¿Me querías cuando me echaste de tu casa, negándote a escucharme? –le preguntó ella con el corazón encogido.

La expresión de él se endureció.

–Lo único que puedo hacer es pedir disculpas, nada más –contestó Emilio–. Admito que me equivoqué. ¿Qué más quieres que haga?

«Que me ames», pensó Gisele.

–Nada. No puedes hacer nada.

Emilio extendió un brazo por encima de la mesa y le agarró la mano.

–¿Dónde está el anillo de compromiso? –preguntó él.

–Lo he dejado arriba. Se me ha quedado grande y tenía miedo de perderlo.

Emilio frunció el ceño al tiempo que le acariciaba el dedo anular.

–En ese caso, tenemos que llevarlo al joyero, ¿no?

–¿Por qué lo has conservado? –preguntó ella tras una breve pausa.

Emilio le soltó la mano y recostó la espalda en el asiento de la silla.

–Vale mucho dinero.

–Lo sé, por eso. Podías haberlo vendido –observó Gisele–. ¿Por qué no lo hiciste?

Emilio apartó la silla de la mesa y se puso en pie.

–Tengo que hacer una llamada –anunció él de repente–. El chófer va a venir dentro de diez minutos. No te retrases.

Gisele lanzó un suspiro mientras le veía cruzar la terraza y entrar en la casa.

–El señor Andreoni me ha dicho que le diga que se reunirá con usted para el almuerzo, que será algo más tarde que de costumbre –le dijo el chófer cuando ella salió y se acercó al coche–. Le ha surgido un asunto urgente. Y me ha dado esto para que se lo dé.

El chófer le dio una tarjeta de crédito y un papel con la dirección de un restaurante.

–¿Por qué no me lo ha dicho él mismo? –preguntó ella, ligeramente molesta.

El chófer se encogió de hombros.

–Es un hombre muy ocupado. Siempre está trabajando.

–No es necesario que me lleve en coche –dijo ella–. Puedo ir andando.

–El señor Andreoni ha insistido en que la acompañe.

–Tómese la mañana libre –insistió Gisele mientras metía la tarjeta y el papel en el bolso.

–Me despedirá si no...

–No, no le despedirá –le interrumpió ella con decisión–. Yo me encargaré de que no le despida. *Ciao*.

Emilio ya estaba en el restaurante cuando llegó ella. No había comprado gran cosa, solo un vestido y unos zapatos para la función de aquella noche, pero no había utilizado la tarjeta de Emilio.

Se abrió paso a través del concurrido restaurante, consciente de que la oscura mirada de Emilio se centraba exclusivamente en ella.

–Hola, cariño –dijo ella ofreciéndole la mejilla, un gesto de cara a la galería.

Emilio le tomó el rostro en las manos y le plantó un apasionado beso en la boca. Ella dio un paso atrás cuando Emilio la soltó, consciente de que debía de estar colorada como un tomate y con las piernas apenas sosteniéndola.

—No pareces haber comprado gran cosa —comentó él mientras le retiraba una silla para que se sentara.

—No me gusta comprar con el dinero de otra gente —dijo ella, lanzándole una significativa mirada—. Cuando quiera comprar ropa, lo haré con mi dinero.

—Pareces decidida a desobedecerme —dijo Emilio, sentándose frente a ella en la mesa.

—Y a ti parece resultarte difícil entender que no estoy dispuesta a permitir que me digan lo que tengo que hacer —le contestó ella.

—Cuidado, *cara* —Emilio respiró hondo—, ahora estamos en público. Espera a que estemos solos para sacar las garras.

Gisele tuvo que hacer un esfuerzo para disimular su ira. Agarró la carta con el menú y ocultó el rostro en ella.

—¿Qué tal te ha ido con ese asunto tan urgente? —preguntó Gisele.

—Bien.

Se hizo un tenso silencio.

Gisele se preguntó si eso tan urgente tenía que ver con otra mujer. Le consumía pensar que Emilio pudiera estar con otra. Durante dos años, había tratado de no pensar en ello. ¿Tenía Emilio una amante en la actualidad?

–Tengo una cosa para ti –declaró Emilio.

Gisele dejó la carta.

–¿Qué?

Emilio le dio una caja de joyería.

–Espero que sea de tu medida.

Gisele abrió la caja de terciopelo negro y se quedó mirando el extraordinario brillante. Parecía muy caro; sin embargo, era mucho más sencillo que el que le había dado dos años atrás.

–No comprendo... Creía que ibas a hacer que me achicaran el otro.

–Me ha parecido que este te iba a gustar más –le explicó Emilio–. Pero, si no te gusta, puedes ir a la joyería a elegirlo tú misma. No me importa.

Gisele se mordió el labio inferior, sacó el anillo de la caja y se lo puso en el dedo anular. Le quedaba perfecto y le gustaba más que el antiguo. En realidad, el otro nunca le había gustado, pero no se había atrevido a confesarlo.

–Es precioso –reconoció Gisele, mirando a Emilio a los ojos–. Es el anillo más bonito que he visto en mi vida.

Emilio hizo gesto de no darle importancia y agarró la carta con el menú.

–¿Qué te apetece comer? –preguntó él.

Gisele se lo quedó mirando mientras él examinaba el menú.

–Dime, ¿de qué se trataba ese asunto tan urgente?

Emilio dejó la carta y, con el ceño fruncido, le clavó los ojos.

–¿Te importa que pidamos la comida? ¿O sigues en huelga de hambre?

–¿Qué era eso tan urgente, Emilio?

–He tenido que encargarme de varios asuntos –Emilio, visiblemente incómodo, cambió de postura en el asiento–. El anillo era uno de ellos.

–Has sido muy considerado –dijo Gisele con voz queda.

–No tiene importancia –Emilio cerró la carta.

Ella le miró desde el lado opuesto de la mesa.

–¿Voy a quedármelo después de... ya sabes, de que acabemos con esta historia? –preguntó ella.

–¿De que acabemos con esta historia? –repitió él con una sonrisa burlona–. Lo dices como si se tratara de una especie de tortura o una condena.

Gisele apretó los labios y volvió a quedarse contemplando el brillante.

–No sé... quizá tenga sus compensaciones.

–Como dos millones de dólares, por ejemplo –murmuró Emilio.

–Bueno, ¿voy a quedármelo o no? –insistió Gisele volviendo a mirarle a él.

–¿Qué harás con él? ¿Venderlo o tirarlo a la fuente más próxima, como hiciste con el otro?

Gisele le sostuvo la burlona mirada durante unos segundos antes de volver a agarrar la carta. Aún seguía sin comprender por qué Emilio se había tomado la molestia de ir a comprarle un anillo tan exquisito. ¿Se engañaba al atreverse a pensar que Emilio sentía por ella más de lo que aparentaba? Hasta ese momento, había estado convencida de que el motivo de volver a estar juntos temporalmente era porque a Emilio le convenía, por el qué dirán.

Pero... ¿y si Emilio quería de verdad empezar de nuevo? ¿Y si ese anillo era una forma de expresarlo? ¿Era una locura buscar amor donde solo había habido odio durante tanto tiempo?

Por otra parte... ¿y si Emilio le había comprado el anillo para que se acostara con él? No, era demasiado pronto para estar segura de lo que había motivado el comportamiento de Emilio. Tenía que tener cuidado.

—Creo que lo guardaré como souvenir —contestó ella—. Nunca se pueden tener demasiados brillantes, ¿verdad?

La expresión de él se endureció, sus ojos se oscurieron.

—Me sorprende que no te quedaras con el anterior —comentó él—. Su venta te habría mantenido durante uno o dos años.

—Me resultó mucho más satisfactorio tirarlo —respondió Gisele—, dadas las circunstancias.

Emilio apretó los labios con fuerza mientras le sostenía la mirada.

—No vas a olvidarlo nunca, ¿verdad?

—Por eso es por lo que me has comprado otro anillo, ¿verdad? —preguntó Gisele—. Has creído que con un brillante podrías convencerme de que me acostara contigo, ¿no? Tendrás que esforzarte más, Emilio. Ya no soy una presa tan fácil.

Emilio enarcó las cejas mientras la contemplaba con indolencia.

—No era eso lo que me pareció anoche —comentó él—. Tan pronto como te besé, te deshiciste.

Gisele sintió un intenso calor subiéndole a las

mejillas. Apartó la silla de la mesa y se puso en pie con movimientos rígidos.

—Perdona, tengo que ir al baño.

—Ni se te ocurra —le advirtió Emilio antes de que ella hubiera podido alejarse de la mesa dos pasos.

Gisele se volvió y le miró con altanería.

—Perdona, ¿qué has dicho?

—Sé qué te propones, Gisele. Te conozco. Pero escapar no te va a ser de ayuda.

—No voy a escapar —Gisele le lanzó una lívida mirada—. Simplemente, necesito alejarme de tu odiosa presencia.

La expresión de Emilio se tornó distante y fría como el hielo.

—Si sales de este restaurante sin mí, llamaré a todos los contactos que tengo en Europa para decirles que no se te acerquen para nada. El efecto dominó se sentirá hasta en Australia. ¿Te imaginas lo sabroso que sería para la prensa?

Gisele sintió la punzada de esa mirada. Las piernas le temblaron.

¿Y si los medios de comunicación ahondaban en su vida? Hasta el momento, había logrado mantener el nacimiento y la muerte de Lily en secreto. No podía soportar la idea de que algo tan personal se hiciera público.

Le hirió el amor propio, pero se sentó de nuevo, no tenía otra alternativa.

—¿Contento?

—Te has vuelto una fiera, ¿verdad, *cara*?

Gisele prefirió no contestar, escondió el rostro

en la carta y eligió un plato que ni siquiera le apetecía, solo para evitar la mirada de Emilio.

—No parece gustarte mucho —comentó Emilio al cabo de un rato, después de que les hubieran servido la comida—. ¿Prefieres que pidamos otra cosa para ti?

Gisele dejó el tenedor en el plato; en realidad, solo lo había utilizado para juguetear con la comida.

—Lo siento, no tengo hambre.

Emilio se la quedó mirando unos instantes con expresión seria.

—¿Tanto te disgusta estar conmigo? —le preguntó él.

—No se trata solo de ti, sino de la situación en la que nos encontramos. Es como si... La verdad es que no sé exactamente qué quieres de mí.

—A ti.

La contestación de Emilio le recorrió la espalda como una caricia.

—A parte de eso.

—¿Te refieres a largo plazo?

Gisele se pasó la lengua por los secos labios.

—No creo que podamos entendernos ya.

—Es un poco pronto para preocuparse de eso, ¿no te parece? —observó Emilio—. En este momento, lo mejor es vivir el momento, ver qué es lo que el día nos depara. Tenemos que probar.

Gisele clavó los ojos en los de él.

—¿No será que lo que te interesa es recuperar tu buena reputación, la simpatía de la gente?

Emilio frunció el ceño.

–¿Crees que eso es lo que me interesa? ¿La opinión pública?

Gisele lanzó un suspiro.

–No lo sé. ¿Cómo podría saberlo? Me has comprado un anillo precioso, pero todavía no me has hablado de lo que realmente sientes.

–¿Qué quieres que te diga? –preguntó Emilio–. Tú me odias, me lo has dicho varias veces. ¿De qué serviría que te dijera lo que siento? Eso no va a cambiar en nada lo que tú sientes, ¿no?

Gisele respiró hondo y preguntó:

–¿Me has querido alguna vez?

El rostro de Emilio se ensombreció, sus rasgos se endurecieron.

–Iba a casarme contigo, ¿no?

Gisele le miró con desdén.

–¿Así que debería sentirme orgullosa de que me eligieras a mí entre una lista de cientos, o hasta de miles, de candidatas?

–¿Por qué sacas este tema ahora?

–Quiero saber qué sentías por mí –contestó ella–. Quiero saber en qué estaba basada nuestra relación.

Emilio se pasó una mano por el cabello.

–Estaba basada en el deseo de construir una vida juntos. Los dos queríamos lo mismo: hijos, una familia sólida y seguridad. Lo que quiere la mayoría de la gente.

–La mayoría de la gente quiere amor –dijo ella con un suspiro–. Lo que más desea la mayoría de la gente es amar y ser amada.

–Sí, lo sé, Gisele –dijo Emilio–. Mentiría si dijera que yo no quiero eso mismo. Lo he querido durante toda la vida, pero la experiencia me ha demostrado que una cosa es querer algo y otra es conseguirlo. Y tampoco dura; al menos, por lo que yo sé.

Gisele se dio cuenta de que la conversación se daba por terminada incluso antes de que fuera el camarero para retirarles los platos, lo vio en la expresión de Emilio, completamente cerrada. Se preguntó cuánta gente le había decepcionado, solo así se comprendía su cinismo respecto al amor. ¿Se había criado sin nadie en quién confiar, sin nadie que le quisiera?

—Yo tengo que pasarme por la oficina, Luigi te llevará a casa —dijo Emilio.

—Así que no le has despedido, ¿eh?

Emilio le puso una mano en el codo mientras cruzaban el restaurante en dirección a la salida.

—Le he dado un aviso —contestó Emilio.

—No deberías hacerlo —Gisele se detuvo para mirarle—. Ha sido culpa mía, quería evitar a los periodistas. Quería mezclarme con la gente, evitar llamar la atención apareciendo con un cochazo y un chófer.

—No me gusta que desobedezcan mis órdenes —explicó Emilio—, y menos mis empleados.

—Menos mal que no soy empleada tuya... —Gisele enrojeció y hundió los dientes en el labio inferior—. Bueno, ahora que lo pienso, quizá lo sea.

Emilio le alzó la barbilla.

—No, no eres mi empleada.

—Entonces, ¿qué soy?

Emilio se la quedó mirando unos instantes.

–Intenta descansar un rato esta tarde –le acarició los labios con los suyos–. No olvides que tenemos que salir esta noche.

Capítulo 7

EMILIO se quedó mirando a Gisele mientras bajaba las escaleras. Llevaba un sencillo y elegante vestido de cóctel color fucsia con estola haciendo juego. Se había recogido el cabello en un moño, lo que le confería un aire aristocrático. Le pareció que nunca la había visto tan hermosa como cuando le sonrió, aunque brevemente. La sonrisa de Gisele era como un rayo de sol penetrando una nube un día nublado. Se le había olvidado lo maravillosa que era esa sonrisa. Le calentaba rincones recónditos del alma.

Para él, era un gran paso dejar que Gisele le acompañara aquella noche. Había pensado ir solo, como solía hacer. Fuera de la obra benéfica, poca gente sabía lo involucrado que él estaba y mucho menos por qué. Durante el último año, había sentido la necesidad de dejar de ignorar su procedencia y hacer algo por ayudar a otros a escapar del infierno del que él había logrado salir.

Dejar que Gisele vislumbrara algo de su vida anterior sería incómodo para él, pero era el precio que tenía que pagar por hacer algo por los demás. No le resultaba fácil enfrentarse a los fantasmas del pasado; cuando lo hacía, acababa sintiéndose desolado y vulnerable.

Emilio tomó la mano de Gisele, cuando ella descendió el último escalón, y se la llevó a los labios.

–Estás preciosa. El color rosa te sienta muy bien.

Gisele le dedicó otra breve sonrisa.

–Gracias.

Emilio fue a por la caja que había dejado en la consola del vestíbulo.

–Tengo algo para ti, para que lo lleves con el anillo.

Los ojos de ella se clavaron en la caja; después, volvió a mirarle a él con expresión confusa.

–No deberías gastar tanto dinero –dijo ella.

–Tengo derecho a mimar a mi novia, ¿no?

Emilio abrió la caja y Gisele acarició con las yemas de los dedos el collar de brillantes y zafiros.

–No soy tu novia –respondió ella–. Solo estamos representando un papel de cara a la galería.

–Podría ser verdad si quisiéramos –dijo Emilio.

Un misterioso brillo asomó momentáneamente a los ojos de Gisele; pero entonces, rápidamente, se dio media vuelta para que él le pusiera el collar y se lo abrochara.

–Quieres que vuelva a tu lado la vieja Gisele, Emilio. Pero la vieja Gisele no puede volver, por mucho que te empeñes y por mucho dinero que te gastes en ella.

Después de abrocharle el collar, Emilio le puso las manos en los delgados hombros y aspiró su intoxicante perfume. Sintió cómo se le erizaba la piel a Gisele y se alegró de seguir afectándola. Le gustaba que el cuerpo de Gisele respondiera instantáneamente cada vez que la tocaba, a pesar de que ella dijera lo contrario.

–¿Te molesta la cuestión del dinero? –Emilio la obligó a volverse de cara a él–. ¿Te molesta el hecho de que te haya pagado para venir aquí?

Gisele se quedó pensativa unos segundos.

–No es el dinero...

–Entonces, ¿qué es?

Gisele bajó los ojos y los clavó en el lazo del esmoquin.

–Quieres que todo sea como antes –respondió ella–, pero no creo que podamos volver al pasado. Las cosas cambiar. La gente cambia. Yo he cambiado.

Emilio se la quedó mirando unos momentos, una extraña sensación en el estómago le asaltó. Gisele decía que había cambiado y así era: no comía, no dormía, estaba muy pálida y frágil... Y todo por culpa de él. Era él el responsable de que hubiera cambiado. ¿Qué podía hacer para que volviera a ser como antes? Lo que ambos necesitaban era comenzar de nuevo. No, no valía la pena volver la vista atrás, él debía de saberlo mejor que nadie. Eso no cambiaba nada. Mirar hacia delante era la única forma de cerrar las heridas del pasado. Quizá aquella noche marcara un cambio en su relación y ayudara a Gisele a entenderle.

Le puso la mano en la barbilla.

–Empecemos de nuevo y veamos adónde nos lleva, ¿te parece? –dijo él–. Concentrémonos en nosotros ahora, no en cómo era todo antes. ¿Te parece?

Gisele esbozó una débil sonrisa, pero una sombra cruzó su mirada.

–De acuerdo.

Gisele le dio la mano y se dejó guiar hasta el coche.

Cuando llegaron al lujoso hotel donde se celebraba la cena a la que iban a asistir esa noche, Gisele se dio cuenta de que no tenía nada que ver con el trabajo de arquitectura de Emilio, sino que se trataba de una cena para recaudar fondos para niños sin hogar, una obra benéfica que Emilio había lanzado hacía un año. Durante la velada, se enteró de que Emilio había erigido un centro de acogida al que la gente joven necesitada podía ir para comer, ducharse y dormir. La obra benéfica también ofrecía programas educativos para los chicos sin hogar con el fin de ofrecerles un oficio. El centro contaba con psicólogos y programas para salir de las drogas.

Gisele habló con algunos jóvenes beneficiarios de la obra benéfica. Los jóvenes le contaron historias terribles que les habían hecho acabar viviendo en la calle. Y eso le hizo pensar en lo poco que sabía de la infancia y juventud de Emilio.

Él nunca le había hablado del pasado. ¿Le había pasado lo mismo que a esos chicos? ¿Por qué si no había levantado el centro de acogida? ¿Qué le había pasado a Emilio en esas peligrosas calles? ¿Qué situaciones espantosas había vivido? Y también se preguntó cómo había sobrevivido y cómo se había convertido en el hombre de éxito que era hoy en día.

Uno de los jóvenes voluntarios, un chico que se llamaba Romeo, le contó que Emilio iba a hablar con los chicos en la calle para explicarles que había otras opciones, que no tenían por qué creer que solo tenían la opción de la delincuencia y la prostitución.

–No se le pone nada por delante, no le cuesta nada ir a la calle a hablar con los chicos –dijo Romeo–. Yo fui uno de los primeros a los que Emilio ayudó. Me enseñó que uno no debe permitir que una mala infancia te condicione la vida. Lo importante es cómo maneja uno las situaciones. Usted debe de estar muy orgullosa de ser su novia, ¿verdad?

Gisele esperó que su sonrisa no pareciera artificial. Todavía no lograba salir de su asombro. Emilio procedía de un mundo completamente diferente al suyo. Ella no podía siquiera imaginar lo mal que él debía de haberlo pasado y lo mucho que debía de haberse esforzado para llegar donde estaba. La cantidad de obstáculos que debía de haber superado era inimaginable.

–Sí, lo estoy –respondió Gisele–. Estoy muy orgullosa de él.

Después de intercambiar unas palabras más con ella, Romeo se fue a ayudar a servir la cena.

Emilio se le acercó entonces y le ofreció una copa.

–Espero que Romeo no te haya contado demasiadas batallas –comentó Emilio–. Tiene tendencia a exagerar las cosas.

–Dime, Emilio, ¿te pasó a ti lo que les ha pasado

a estos chicos? –le preguntó ella con expresión de incredulidad–. ¿Por qué no me dijiste nada?

–Mucha gente lo pasa mucho peor de lo que yo lo pasé –contestó él encogiéndose de hombros; después, se llevó la copa a los labios.

–¿Por qué no me habías contado nada de todo esto? De hecho, esta misma mañana me has dicho que se trataba de una función de negocios.

–¿Tanta importancia tiene? –preguntó él.

–Por supuesto que la tiene –contestó Gisele–. Creía que iba a pasarme la noche hablando con estirados hombres de negocios y con sus esposas; en vez de eso, estoy conociendo a jóvenes a quienes tú has ayudado a salir de Dios sabe qué terribles situaciones.

–Romeo habría salido adelante sin mi ayuda –declaró Emilio–. Solo necesitaba un empujón.

–¿Y a ti, quién te ayudó? –le preguntó ella–. ¿Quién te dio un empujón?

–Algunas personas necesitan más ayuda que otras –observó él.

–Así que a ti no te ayudó nadie, ¿me equivoco?

Emilio le tocó el codo con el fin de hacerla volverse hacia un hombre que se les acercaba con una cámara.

–El fotógrafo oficial de la función nos va a sacar una foto para la revista –dijo él–. Anima esa cara.

Gisele adoptó la expresión de feliz prometida y Emilio le rodeó la cintura con un brazo. Al instante, la piel se le erizó, como siempre que Emilio la tocaba. Le resultaba muy difícil estar tan cerca de él y no imaginar un futuro juntos, un futuro al lado de

Emilio ayudándole a ayudar a personas más desa-fortunadas. Emilio le había dicho que podían hacer que su fingido noviazgo fuera una realidad, pero... ¿cómo iba ella a poder darle lo que él quería sobre todas las cosas? Emilio siempre le había dejado claro que quería tener hijos, pero... ¿se atrevería ella a quedarse embarazada otra vez?

La velada llegó a su fin. Durante el trayecto de vuelta a la casa, Emilio apenas habló. Pasó la mayor parte del camino con la mirada perdida.

Emilio, intencionadamente, había evitado contarle detalles de su vida pasada, y ella se preguntó si no estaría pensando ahora en esa vida que había dejado atrás, una vida de pobreza e inimaginable crueldad en los bajos fondos de aquella ciudad. Pensó en un Emilio adolescente acurrucado junto a un arbusto o durmiendo en el banco de un parque, con frío, hambre, sed; asustado, perdido y solo. Y le dolía el corazón al pensar que nadie le hubiera protegido, que nadie le hubiera enseñado a querer.

—Lo que estás haciendo me parece extraordinario —dijo ella, interrumpiendo el silencio.

Emilio frunció el ceño y la miró como si acabara de darse cuenta de que había alguien a su lado.

—Perdona, ¿qué has dicho?

Gisele sonrió tiernamente y le tomó la mano.

—Debe de enorgullecerte saber que, gracias a ti, muchos jóvenes van a tener la oportunidad de llevar una vida decente, una vida que, sin tu ayuda, no habrían podido tener. Debes de sentirte muy satisfecho contigo mismo.

Emilio acarició el brillante que le había regalado con la yema del pulgar.

–Por lo que yo sé, el dinero lo arregla todo. La cuestión es tener suficiente.

Un estremecimiento la sacudió bajo la oscura mirada de Emilio.

–Supongo que eres tú quien decide cómo invertir el dinero y con quién –dijo ella–. Me imagino que, aunque tengas mucho, no quieres tirarlo.

La media sonrisa de él mostraba cierta crueldad.

–Dondequiera que invierto el dinero, siempre tengo éxito.

–El éxito no solo depende de ti, ¿no? –observó Gisele–. Las personas y las circunstancias pueden condicionar los resultados de tus actos.

Las profundidades de los ojos de Emilio se le clavaron en la boca. Y cuando él le acarició el labio inferior, los latidos del corazón se le aceleraron.

–Sé salvar obstáculos, por eso tengo éxito. Y cuanto más difíciles de salvar, más satisfacción.

Gisele volvió a estremecerse y, en ese momento, el coche se detuvo delante de la casa. Había una tensión especial en el aire cuando Emilio le dio la mano para ayudarla a salir del coche. Ella le siguió al interior de la casa, al salón...

–¿Te apetece una copa? –le preguntó él.

Gisele tenía los labios completamente secos y se los humedeció con la lengua.

–Mmmm... No, gracias. Me parece que voy a ir a acostarme.

–Como quieras –Emilio se acercó al bar y se sirvió un whisky.

Sin saber por qué, Gisele permaneció donde estaba, algo le impedía marcharse. Se quedó viendo cómo Emilio se llevaba el vaso a los labios y cómo luego la nuez de la garganta le subía y le bajaba al tragar el dorado líquido.

Emilio dejó el vaso y la miró.

—¿Te pasa algo? —le preguntó él.

—No, nada. Solo... quería darte las gracias por invitarme esta noche a la función. Lo he pasado muy bien. Ha sido todo un descubrimiento.

Emilio volvió a agarrar el vaso.

—No me tomes por un héroe, *cara*. Puedo ser cualquier cosa, menos eso. Tú lo sabes mejor que nadie.

—Creo que las cosas te afectan más de lo que parece —dijo ella.

Emilio lanzó una burlona carcajada.

—Vaya, has descubierto mi secreto, ¿eh, *cara*? —Emilio volvió a beber otro trago de whisky.

—Creo que ocultas tus verdaderos sentimientos bajo una apariencia de no importarte nada ni nadie —declaró ella—. Creo que, en el fondo, tienes miedo de que te traicionen, por eso, ante todo, intentas protegerte.

Emilio dejó el vaso dando un golpe. Los ojos le ardían con una pasión que la consumió. Ardió en el cautiverio de esa mirada.

—Deberías haberte ido a la cama cuando todavía podías —dijo Emilio, acercándose a ella.

Gisele se mantuvo firme donde estaba, decidida a no dejarse intimidar.

—No me asustas, Emilio —declaró ella—. Puede que

asustes a los maleantes y a los traficantes de los bajos fondos de Roma, pero a mí no me asustas.

—Vaya, qué valiente —Emilio levantó el brazo y le soltó el moño.

Al instante, una cascada de cabellos dorados le cayó por los hombros y la espalda. Respiró hondo. Emilio estaba tan cerca... Sentía su calor, su dureza, el deseo que igualaba el suyo. Se apretó contra ella, solicitando su cuerpo. Una solicitud que ella no pudo resistir, aunque hubiera querido. Era una llamada demasiado primitiva, sobrecogedora, imposible de ignorar.

Emilio se la pegó al cuerpo con una dureza que la excitó y la aterrorizó simultáneamente, pelvis contra pelvis, deseo contra deseo. Ya no podía seguir negando lo evidente. Las palabras no iban a defenderla de lo que sentía. Entre sus cuerpos, el mismo deseo y la misma pasión de siempre.

Emilio le cubrió la boca con la suya en un fiero beso. Asumió el control desde el principio y se negó a renunciar a él. Le penetró la boca con la lengua y ella gimió su rendición, permitiéndole acceso total. Emilio la exploró concienzudamente, reclamándola, sin dejar duda alguna de quién mandaba. Dientes y lenguas juntos, manos acariciando, cremalleras bajadas, botones desabrochados...

—Si no quieres llegar hasta el final, será mejor que lo digas ya —le dijo Emilio mientras le pegaba la espalda a la pared más próxima.

—Sí, quiero —contestó ella junto a la boca de Emilio, mordisqueándole los labios, tocándole, anhelando sentirle—. Lo quiero. Te deseo.

Emilio lanzó un profundo gruñido cuando ella, por fin, lo encontró y cerró los dedos alrededor del ardiente miembro, redescubriendo su longitud, su fuerza, su poder. Le sintió temblar mientras se esforzaba por mantener el control. Emilio era tal y como lo recordaba: suave y duro, una mezcla de satín y acero.

No sabía cómo había ocurrido, pero estaba desnuda de cintura para abajo, aunque tampoco importaba. Con movimientos rápidos, Emilio se puso un preservativo y, al instante, la penetró con una fuerza que la hizo dar un golpe en la pared con la cabeza al tiempo que lanzaba un grito de bienvenida al recibirle entero.

Emilio emitió un profundo gruñido de viril satisfacción y a ella se le erizó la piel. Se movió dentro de ella salvajemente, deleitándola...

Gisele no tardó mucho en alcanzar el orgasmo. Se sacudió espasmódicamente, apretándose, contrayéndose... Y Emilio la siguió, estremeciéndose de los pies a la cabeza mientras la abrazaba.

Transcurrieron unos segundos.

—Perdona —le susurró Emilio respirando trabajosamente—. Creo que he ido demasiado rápido.

—No —Gisele le acarició la espalda y los hombros—, no es necesario que te disculpes.

Tras unos momentos, Emilio se separó ligeramente de ella para mirarla.

—¿Te encuentras bien?

Gisele se preguntó qué era realmente lo que Emilio quería saber.

—Perfectamente —respondió ella—. Ha sido... increíble.

Emilio se apartó de la pared. Tenía una expresión sombría cuando se quitó el preservativo.

–No debía haber sido así –Emilio se pasó una mano por el cabello con gesto distraído–. Querría que hubiera sido algo mejor que un revolcón contra la pared. Me habría gustado que hubiera sido... memorable.

Gisele se le acercó y le puso una mano en la mejilla, deleitándose en la sensación que le produjo la áspera piel.

–Ha sido memorable –le dijo ella.

Volver a estar en los brazos de Emilio era inolvidable.

Emilio se la quedó mirando unos momentos antes de cubrirle la mano con la suya, sujetándosela al rostro.

–Quiero que te acuestes conmigo –dijo Emilio–. Quiero encontrarte a mi lado cuando me despierte.

¿Cómo podía negárselo cuando Emilio le hacía sentir cosas que había creído que no volvería a sentir? Quizá Emilio no la amara, pero la deseaba.

Posiblemente, Emilio no la amaría nunca. Algunas personas eran incapaces de amar, y Emilio había insinuado ser una de ellas. Era horrible, pero tendría que aceptarlo. No podría pensar en un futuro con él permanentemente, pero de momento se conformaba.

Gisele le rodeó el cuello con los brazos y le miró a los ojos.

–Hazme el amor –dijo ella con voz queda.

Emilio la levantó en brazos, la llevó a su dormitorio y la tumbó en la cama con sumo cuidado.

–Emilio... –era como si la suave voz de Gisele pudiera acariciarle la piel.

–Aquí me tienes, *cara* –Emilio le acarició el cabello–. Aquí me tienes.

–¿Me has echado de menos? –preguntó ella mirándole a los ojos–. ¿Echabas de menos hacer esto conmigo?

Emilio le plantó un beso en la boca.

–Sí, te he echado de menos.

Y así era, desesperadamente. Su vida había estado vacía y carente de sentido sin ella. Había trabajado como un loco durante los dos últimos años, pero sin saber realmente por qué ni para qué. Había ganado mucho dinero, más del que nunca había creído posible, pero no había servido para llenar el vacío que Gisele había dejado en su vida. La obra benéfica había ayudado algo, pero no lo suficiente. Quería más. La quería a ella.

Volvió a besarla. Un prolongado y arrebatador beso que le impidió seguir ignorando un anhelo profundamente reprimido. Quería volver a sentir los espasmos de ella alrededor de su miembro, quería sentirla de nuevo aferrándose a él como si su vida dependiera de ello, como si él fuera la única persona en el mundo que pudiera hacerla sentirse completa.

Emilio le bajó los finos tirantes del vestido y le besó un hombro desnudo. La piel de Gisele sabía a verano, una exótica fragancia que siempre había asociado a ella. Pasó a besarle el cuello y le encantó la agitación de Gisele, sus gemidos de placer. La pasión la envolvía, encendiéndole todas y cada una de las células del cuerpo. Gisele le completaba, era la parte de sí mismo que llevaba buscando toda la vida.

—Te deseo —dijo Emilio antes de besarle el lóbulo de la oreja—. Te deseo tanto que casi no puedo pensar. Solo puedo pensar en ti, en lo mucho que te quiero en mis brazos.

Emilio movió los labios a la tentadora boca de ella.

—Y yo a ti —susurró Gisele.

Al menos, contaba con el deseo de ella como base para su relación, pensó Emilio. Con eso sí podía contar. Gisele podía decirle que le odiaba, pero sus labios y sus caricias pregonaban otra cosa.

Sintió el sensual mordisqueo de ella, la sintió tirar de su labio inferior, jugueteando. Y el le devolvió la caricia, suavemente. Después, le acarició ambos labios con la lengua, haciéndola gemir, haciéndola responder de la misma manera. Sus lenguas se encontraron, se unieron, se retaron, se atacaron en un sensual campo de batalla.

Emilio le bajó el otro tirante del vestido y plantó otro beso en ese hombro. Ella ladeó la cabeza, sus sedosos cabellos cayéndole por encima de la mano. Gisele emitió un jadeó, un murmullo de deseo, haciendo que la sangre le hirviera. Nadie le hacía sentirse tan viril como ella.

Le descubrió los pechos y se los cubrió con ambas manos mientras seguía explorándole la boca con la suya. Los pezones de Gisele se irguieron contra la palma de su mano, las delgadas caderas de ella incitándole a que buscara su femenina suavidad.

Emilio estaba deseando llenarla, pero quería ir despacio, saborear el momento. Le acarició los secretos pliegues, encantado con la humedad de ella, indicándole que estaba más que lista. Pero continuó controlándose, excitándola con el dedo.

–Por favor... –le rogó ella casi sin respiración.

–No, todavía no –le susurró él junto a la boca–. Sabes que es mucho mejor cuando los dos aguantamos.

Gisele se agitó debajo de él, alzando el cuerpo hacia el suyo, devorándole con la boca. Él le devolvió el beso con la misma intensidad al tiempo que continuaba acariciándola con los dedos. Sintió cómo se hinchaba la delicada perla que contenía tanto poder femenino.

Ella le tanteó y, cuando lo encontró, le hizo lanzar un gruñido de placer. Los suaves dedos de Gisele le acariciaron antes de agarrarle y comenzar unos movimientos ascendentes y descendentes con creciente vigor.

Emilio tuvo que hacer un enorme esfuerzo para no estallar.

Entonces, Gisele le agarró por las caderas, tirando de él hacia sí.

–Ya –dijo ella–. Te quiero dentro ya.

Rápidamente, Emilio se puso otro preservativo, se colocó sobre ella, apoyando el peso en los brazos, y la penetró con un empellón que les hizo gemir a ambos de placer. Sintió los músculos de la pelvis de Gisele apretándole, masajeándole, torturándole, instándole perderse en una vorágine de placer. Pero, con un esfuerzo, se contuvo; nadie le desafiaba a perder el control como ella. Con Gisele, el sexo siempre había sido distinto a con las demás: no era solo una unión de cuerpos, sino algo más. Cada vez que hacían el amor, ella llegaba a acariciarle la maltrecha alma, haciendo que se disipara su dolor.

Se movió dentro de ella, despacio y, por fin, más y más rápido. El cuerpo de Gisele igualando el ritmo de los empellones de él, rodeándole la cintura con las piernas, incitándole a ascender a la cima del placer.

Emilio la acarició con los dedos para aumentarle el placer, sabía lo que tenía que hacer para llevarla al paraíso. Gisele ardía, estaba mojada e hinchada. Continuó acariciándola, suave y lentamente, hasta que, por fin, la sintió alcanzar el clímax con movimientos espasmódicos y oyó sus gritos. Y él mismo no tuvo más remedio que sucumbir y vaciarse dentro de ella.

Después, Gisele le acarició la espalda hasta que él, finalmente, recuperó el ritmo normal de la respiración.

—Estás tomando la píldora, ¿no? —comentó él mientras, apoyándose en los codos, alzó el cuerpo para mirarla—. Los preservativos no son muy fiables; sobre todo, cuando uno se los pone con tanta prisa como yo me lo he puesto.

—Estoy segura de que no será un problema.

—¿Estás tomando anticonceptivos? —insistió él.

Gisele le miró brevemente, pero pronto apartó los ojos de los de él.

—Estoy tomando una píldora de baja dosis para regular mi ciclo menstrual. Hacía mucho que no... desde que rompimos.

Emilio se sintió culpable otra vez. Gisele lo había pasado muy mal; a parte de la ruptura, su padre había muerto, se había enterado de que tenía una hermana gemela, y había montado un negocio. No le extrañaba que no durmiera por las noches. Gisele le había dicho que no era culpa de él, pero... ¿cómo no iba a serlo? La vida de Gisele habría sido muy diferente de haber estado él a su lado.

Quería reparar el daño que le había causado. Quería planear el futuro con ella. Quería que Gisele fuera la madre de sus hijos, porque no podía imaginar a ninguna otra en ese papel.

Y él quería ser padre, llevaba mucho tiempo anhelando formar una familia, un verdadero hogar. Sí, deseaba tener una familia a la que amar y proteger.

Ahora, todo ello estaba al alcance de su mano... si conseguía que Gisele dejara a un lado su orgullo y admitiese que eso era también lo que ella quería. Gisele había nacido para ser madre, le encantaban los niños. La cuestión era hacerla recuperar la confianza en él, hacerla olvidar el pasado y pensar en el futuro.

Emilio jugueteó con el sedoso cabello de ella mientras la observaba relajarse, disfrutar...

–¿Te acuerdas de que solíamos hablar de tener hijos? –preguntó Emilio.

Gisele hizo una mueca de dolor, era como si acabara de recibir una bofetada. Entonces, poniéndole la palma de una mano en el pecho, le obligó a apartarse de ella.

Emilio, perplejo, la vio levantarse de la cama, agarrar una bata y ponérsela.

–¿Qué he dicho? –preguntó él.

–Ya no quiero tener hijos –contestó ella, lanzándole una mirada de soslayo.

Emilio se puso en pie, agarró el albornoz, se lo puso y se acercó a ella, que estaba cruzada de brazos.

–¿Pero qué dices? Los niños te encantaban. Es más, la tienda que tienes, tu negocio, es de ropa de niño. Pasas horas bordando ropa de bebé. ¿Qué es eso de que ahora no quieres tener hijos?

Gisele le lanzó una mirada defensiva.

–Quiere decir justo lo que he dicho, que he cambiado de parecer, que no quiero tener hijos.

Se la quedó mirando como si ya no la conociera. ¿Qué había pasado con la joven que solía entusiasmarse al hablar de tener hijos? Dos años atrás, hasta habían hablado de qué nombres ponerles a sus hijos, incluso habían hablado de que ella dejara de tomar la píldora tan pronto como volvieran de su luna de miel.

Él ahora tenía treinta y tres años, no quería esperar mucho más a ser padre. Sus planes eran que Gisele volviera a aceptarle y, al cabo de un mes, la situación fuera como lo había sido dos años atrás. Había pensado que, una vez que las cosas se hubieran arreglado entre ellos, se casarían y tendrían hijos. Era impensable que Gisele se opusiera a sus planes. No estaba dispuesto a admitir una derrota.

No iba a fracasar.

Encontraría la forma de convencerla.

–¿Desde cuándo piensas así?

–¿Qué importancia tiene eso? –contestó Gisele–. Lo importante es que eso es lo que pienso y ya está.

–Gisele, sabes que quiero tener hijos –confesó él–. Lo sabes desde que me conoces. Esa era una de las razones por las que te pedí que te casaras conmigo. Creía que los dos queríamos una familia.

–El hecho de que hayas amasado una fortuna no significa que vayas a salirte siempre con la tuya –dijo Gisele–. La vida no es así.

Emilio se pasó una mano por el pelo.

–Gisele, ya sé que te he hecho sufrir, pero también sé que aún podemos ser felices juntos. Seríamos unos padres estupendos. Tú serías una madre fabulosa, lo sé, siempre lo he sabido.

Ella le lanzó una furibunda mirada.

–No me voy a convertir en la incubadora de ningún hombre –declaró ella.

–Por el amor de Dios, Gisele, yo no he querido decir eso –Emilio frunció el ceño–. Lo que quiero es que seas la madre de mis hijos, algo que no le he pedido a ninguna otra mujer.

–Pues tendrás que hacerlo, porque yo no voy a ser la madre de tus hijos.

Emilio se sintió sumamente frustrado. ¿Cómo podría hacerla entrar en razón? ¿Le bastaría con un mes?

Emilio pensó en el pasado, en lo solo que se había sentido, sin hogar y sin familia; siempre con hambre, frío y sucio. Avergonzado de no haber conocido a su padre. Avergonzado de ser un marginado por no conocer más que pobreza.

–¿Se trata de dinero? –preguntó él apenas controlando la ira–. ¿Es eso, quieres más dinero? En vez de una relación, ¿quieres que hagamos un trato? ¿Un negocio?

La expresión de ella se tornó amarga.

–Eso es lo que hay entre los dos ahora mismo, ¿no?

–No, no lo es y lo sabes muy bien –Emilio la miró furioso–. Has hecho el amor conmigo, pero no por dinero, sino porque me deseabas. Sé que no estás en venta, no eres esa clase de mujer.

Gisele se dio la vuelta, abrazándose a sí misma.

–No quiero seguir hablando de esto –dijo ella–. Solo voy a pasar aquí un mes, eso es lo que hemos acordado. No he firmado nada más.

Emilio respiró hondo.

–Quiero un futuro contigo, Gisele, quiero tener hijos contigo.

–Y yo no puedo darte lo que quieres –contestó ella.

–¿No puedes o no quieres? –preguntó Emilio con cinismo–. Quieres vengarte de mí por lo que te hice, ¿no es eso? Sí, lo es y lo entiendo. Comprendo que ese, en parte, ha sido el motivo por el que has aceptado venir a Italia conmigo.

Gisele se volvió bruscamente y le miró con expresión encolerizada.

–¿Y por qué no iba a querer vengarme de ti? –preguntó ella–. Me rompiste el corazón. Te odio por lo que me hiciste.

Emilio le puso las manos en los hombros.

–*Cara*, si realmente me odiaras, no te habrías acostado conmigo hace un rato –observó él.

–Sexo, nada más que sexo. Hacía mucho que no me acostaba con nadie, me ha apetecido y tú estabas disponible.

–No ha sido solo sexo.

–Por si no lo sabías, las mujeres también podemos separar el sexo de los sentimientos, igual que los hombres.

–¿En serio? –Emilio sonrió burlonamente.

–Sí –Gisele alzó la barbilla con gesto desafiante.

Emilio cerró las manos sobre los hombros de Gisele y tiró de ella hacia sí.

–En ese caso, supongo que no te importará volver a acostarte conmigo; ya sabes, solo una cuestión de sexo.

Y sin más, le cubrió la boca con la suya, duramente.

Gisele no sabía qué decir; por eso, decidió no decir nada. Aún estaba intentando recuperar la respiración después de un éxtasis sin paralelo. Quería odiar a Emilio, pero cómo iba a odiarle cuando la hacía sentirse así... Había destrozado sus defensas con unos ardientes besos y una fiera posesión.

Juntó las piernas con fuerza y sintió la sustancia pegajosa de él mojándole la entrepierna, la muestra de la pasión entre ambos. ¿Se apagaría esa pasión alguna vez? ¿Sería ella capaz de marcharse y dejarle cuando el mes llegara a su fin?

Emilio, tumbado de costado y de cara a ella, le acarició una hebra del cabello.

–Quiero que te instales en mi habitación.

Gisele tragó saliva. Estaba claro que Emilio no se iba a dar por satisfecho a menos que la tuviera en sus brazos todas las noches. La intimidad le aterrorizaba, pero no porque no quisiera acostarse con él. Porque quería. El problema era que sabía que volvería a enamorarse perdidamente de Emilio.

–¿Ahora mismo? –preguntó ella.

–No, no en este momento –Emilio se tumbó bocarriba y tiró de ella hasta tumbarla encima de él–. En este momento tengo otros planes respecto a ti.

–¿Ah, sí? –dijo ella con una frialdad que no sentía.

Pero el cuerpo ya la había traicionado, se había abierto a él, recibiéndole... y sintió la ardiente dureza de él llenándola completamente. No podía permanecer quieta, sin moverse. Necesitaba experimentar la exquisita sensación de tener el control de la situación. Le montó con arrebato y, al final, se dejó caer encima de Emilio, hecha añicos.

Entonces, le sintió más y más adentro antes de oírle lanzar un gruñido de éxtasis.

Y entonces, completamente feliz de encontrarse en los brazos de él, Gisele se quedó profundamente dormida.

Capítulo 8

EMILIO permaneció despierto durante horas, contemplando a Gisele, que dormía acurrucada, pegada a él, con un brazo encima de su pecho, igual que solía hacer en el pasado. Le acarició la fina piel del brazo, pensando en lo mucho que había echado de menos momentos como ese. Gisele era la primera mujer con la que había querido pasar la noche entera. Nunca se había sentido cómodo durmiendo con ninguna otra de sus amantes. Con Gisele, la intimidad del sexo se transformaba en algo más profundo. Una de las cosas que siempre le había atraído de ella era su innata sensualidad.

Cuando la conoció, le había encantado que Gisele fuera virgen. Quizá fuera algo retrógrado, pero admiraba el hecho de que Gisele no se hubiera acostado con cualquiera. El resto de sus amantes habían sido mujeres con experiencia. Sin embargo, Gisele le había dejado perplejo al confesarle que, para entregarse, había esperado al hombre adecuado.

Y él había sido ese hombre.

Gisele había esperado a estar segura de sentirse

lista para ese grado de intimidad. Y a él le había encantado iniciarle en el arte del amor. Siempre le había parecido algo excepcional que ella se hubiera entregado a él. Y no solo por que le hubiera entregado su cuerpo, sino porque también había depositado en él su confianza.

Un regalo único, que había sabido reconocer... hasta el escándalo del vídeo pornográfico. Entonces él, equivocadamente, había creído que lo de la virginidad de Gisele había sido una estratagema para ganarse su confianza con el fin de que se casara con ella y así hacerse con una sustanciosa cuenta bancaria. Ni por un momento había considerado la posibilidad de la inocencia de Gisele. Eso era lo peor, que no había tratado de buscar alguna otra explicación. Se había dejado llevar por la opinión de los demás y, prácticamente, la había acusado de ser una cualquiera.

Lo que más le dolía era haberle decepcionado. ¿Llegaría a perdonarle algún día?

Gisele, a su lado, estiró una pierna y luego, muy despacio, abrió los ojos.

–¿Me he quedado dormida? –preguntó ella haciendo un esfuerzo por incorporarse.

Emilio sonrió y le apartó un mechón de pelo de los ojos.

–Como un bebé –respondió él.

Un fugaz brillo asomó a los ojos de ella, pero pronto bajó los párpados y se subió la sábana para cubrirse los pechos. Se la veía entristecida, con el rostro repentinamente lívido.

Emilio se apoyó en un codo.

–¿Te pasa algo? –le preguntó él con preocupación.

–No, ¿por qué? –Gisele adoptó un tono indiferente.

Emilio le acarició la mejilla con la yema de un dedo.

–¿Estás dolorida? –preguntó él–. Anoche... fue bastante intenso.

Las mejillas de Gisele recuperaron el color al instante.

–No, no me duele nada.

Emilio le alzó el rostro poniéndole los dedos en la barbilla.

–¿Sigues pensando que solo es sexo? –preguntó él.

–Por supuesto –Gisele le miró con gesto altanero–. ¿Qué otra cosa podía ser si no?

Emilio se la quedó mirando unos momentos.

–Mentirosa. Nunca ha sido solo sexo, ¿verdad, *cara*?

Gisele se levantó de la cama y se puso un albornoz.

–¿Adónde vas? –preguntó Emilio sorprendido.

–Voy a darme una ducha. Es decir, si no te importa.

Emilio frunció el ceño. Empezaba a cansarse del juego de Gisele: unas veces gemía de placer en sus brazos y, en otras ocasiones, se comportaba como si no pudiera aguantarle y estuviera deseando que acabara el mes. Él quería que la situación se normalizara, que dejara de ser un campo de batalla.

–Está bien, haz lo que quieras –dijo Emilio, apartando la ropa de cama y poniéndose en pie–. Te veré abajo.

Cuando Gisele bajó a desayunar, Marietta había servido el desayuno en la mesa de la terraza, y también había dejado en ella los periódicos.

Gisele se sentó a la mesa y se sirvió una taza de té, pero justo cuando se la estaba llevando a los labios, vio un periódico inglés, parcialmente oculto por uno italiano. Lo agarró y echó una ojeada a la primera página... Y la taza se le cayó de las manos, estrellándose en el suelo de piedra de la terraza. La cabeza comenzó a darle vueltas.

De repente, oyó los pasos de Emilio al salir a la terraza.

–Gisele, ¿qué te pasa? –preguntó él–. ¿Te has quemado con el té?

Ella se pegó el periódico al pecho, incapaz de pronunciar palabra. Casi podía oír los latidos de su corazón.

En la portada, había dos fotos: una de Emilio y ella el día anterior durante el almuerzo; en la foto, a ella se la veía mirándole con enfado. No era una foto bonita, pero eso no era lo malo.

La otra foto... ¿Cómo podía ser? ¿Cómo había llegado a un periódico la foto de ella delante de la tumba de su hija? ¿La había visto alguien al ir a llevar flores a la tumba de Lily?

Trató de pensar... El cementerio había estado más concurrido que de costumbre ese día. ¿La había reconocido alguien y había aprovechado la oportunidad de sacarle una foto pensando en venderla a algún periódico o revista? Sabía que había páginas web en las que la gente podía vender fotos de personas famosas. Por supuesto, ella no se consideraba una persona famosa de por sí, pero cualquiera que estuviera al lado de Emilio despertaba el interés de la prensa. ¿Iba a ser así la vida durante todo el mes?

Era horroroso que el dolor de una tragedia personal acabara siendo del dominio público. No podía soportar la idea de que su trágica pérdida se utilizara para vender periódicos.

No, no podía soportarlo.

Emilio clavó los ojos en los suyos.

–¿Qué demonios te pasa? –preguntó él.

Gisele abrió la boca, pero ningún sonido escapó de su garganta. Tenía ganas de vomitar. Tenía miedo de desmayarse. En vano trató de seguir con el periódico pegado al pecho, pero Emilio se lo quitó de las manos.

El tiempo pareció detenerse unos instantes. Por fin, le vio agrandar los ojos con incredulidad al leer *uno de los titulares: La reconciliación de Andreoni empañada por una trágica pérdida.*

Le vio quedarse inmóvil.

Sin decir nada...

–¿Qué? –fue lo único que Emilio dijo, con voz ahogada.

Gisele pudo sentir la tensión de él. Le vio palidecer. Emilio pareció envejecer diez años en unos instantes, delante de sus ojos.

Sentía que Emilio se hubiera enterado así de la existencia de Lily.

Despacio, Gisele soltó el aire que había estado conteniendo y confesó:

—Cuando me marché de aquí hace dos años, estaba embarazada. No me enteré hasta dos meses después, en Sídney.

Le vio tragar... saliva.

—¿Embarazada? —repitió él con voz hueca.

—Sí.

—¿Diste a luz?

A ella se le hizo un nudo en la garganta.

—Sí.

Emilio volvió a tragar.

—¿El bebé era... mío?

Durante unos instantes, Gisele se lo quedó mirando sin dar crédito a lo que acababa de oír. Las palabras de Emilio se le clavaron como puñales en el corazón. Después, le dedicó una mirada llena de desprecio.

—¿Cómo es posible que me preguntes eso? ¿Cómo te atreves a ponerlo en duda siquiera?

Al instante, la expresión de Emilio era todo consternación.

—Perdóname, no estaba pensando —dijo él—. Claro que era mío, no es que lo dude ni por un momento. Perdóname —Emilio parecía completamente angustiado—. ¿Era niño o niña?

—Niña —contestó ella conteniendo las lágrimas.

—¿Qué pasó? —preguntó Emilio con voz áspera por la emoción.

—A las dieciséis semanas de embarazo, me enteré de que había un problema –respondió ella tras un suspiro de dolor–. Me aconsejaron abortar, pero yo no quise ya que había una pequeña posibilidad de que el bebé sobreviviera. Quería que sobreviviera. Era lo que más quería en el mundo, pero la niña solo consiguió vivir unas horas: seis horas, veinticinco minutos y cuarenta y tres segundos para ser exactos. Una vida muy corta, ¿verdad?

Emilio se sintió como si le hubieran golpeado con un mazo en la cabeza. Jamás lo habría imaginado. Se quedó ahí, sin saber qué decir ni qué hacer, sintiéndose culpable.

Gisele había estado embarazada cuando la echó de su lado, cuando la echó a la calle.

Y no había conocido al bebé.

Jamás la había tenido en sus brazos.

No la conocería nunca.

La idea de que su pobre hija hubiera sufrido... ¿Por qué Gisele no le había dicho nada?

–¿Qué problema tenía? ¿Qué le pasaba?

–Tenía una deformidad genética –contestó Gisele–. Algunos de los órganos vitales no se habían desarrollado con normalidad. No pudieron hacer nada por ella.

¿Habría sido diferente de haber estado él allí? ¿Podría él haberla salvado? Habría removido cielo y tierra de haber sido necesario.

La frustración y la pena se apoderaron de él. Las emociones casi le ahogaron.

¿Cuál fue la causa? –preguntó Emilio con voz ronca.

Gisele bajó los ojos y se miró lasmanos.

–No se sabe. Los médicos dijeron que era una de esas cosas que pasan, pero yo no he dejado de preguntarme si no sería por algo que hice o que dejé de hacer...

Emilio volvió a sentirse culpable. Si alguien tenía la culpa de lo que había pasado, ese alguien era él. El estrés y la angustia que había hecho pasar a Gisele eran suficientes para poner en peligro el desarrollo del feto.

–¿Por qué no me dijiste que estabas embarazada? Podría haberte ayudado. Las cosas podrían haber sido diferentes. ¿No se te ha ocurrido pensarlo? ¿Por qué has guardado en secreto la existencia de nuestra hija? ¿No crees que tenía derecho a saberlo?

Gisele le miró con dureza.

–¿Has olvidado lo que me dijiste cuando te despediste de mí? Dijiste que no querías volver a saber de mí nunca en la vida.

–Deberías habérmelo dicho, Gisele –insistió Emilio con pesar–. ¿Te das cuenta de lo que esto es para mí? ¿Te das cuenta de lo que es enterarse de una cosa así leyendo el titular de un periódico?

Gisele le miró con profunda amargura.

–Todo gira alrededor tuyo, ¿verdad, Emilio? ¿Y yo? ¿Qué me dices de lo que sufrí yo? No tienes derecho a echarme en cara tu sufrimiento. En mi opinión, te lo has ganado a pulso.

Emilio se vio presa de una súbita cólera. Nunca se había sentido tan enfadado, más que dos años atrás cuando creyó que Gisele le había engañado. ¿Cómo podía ser tan fría y tan cruel como para no darle a conocer la existencia de su propia hija?

–Lo hiciste aposta, ¿verdad? –dijo Emilio–. Me lo podías haber dicho, pero preferiste no hacerlo porque sabías que eso era lo que más daño podía hacerme. Era el mayor castigo que podías infligirme por no haber creído en tu inocencia. La venganza perfecta. Y sí, lo has conseguido.

Gisele le lanzó una mirada retadora.

–Siempre has pensado mal de mí. Siempre. Lo primero es culparme.

–¿Ibas a contármelo algún día?

Una chispa de culpa asomó a los ojos de ella.

–No sabía cómo decírtelo. No es fácil hablar de... ella.

–Deberías habérmelo dicho el día que aparecí en tu tienda –dijo Emilio–. Fui a verte para pedirte disculpas. He hecho lo que he podido por arreglar las cosas. Tú también deberías haber hecho un esfuerzo.

–¡Menudas disculpas! Los dos sabemos que no estaría aquí de no haber sido por el dinero que me ofreciste.

Emilio apretó los dientes y tensó los músculos de la mandíbula. Estaba cegado por el dolor y el sentimiento de pérdida. No estaba acostumbrado a emociones tan profundas. Sentir tanto era para los demás, no para él.

Nunca había perdido el control de la manera que lo había perdido en esos momentos.

¿Cómo podía subsanar los errores del pasado?

Gisele había perdido al bebé, a la hija de ambos. Pero había sufrido la pérdida ella sola, sin su ayuda. Él no había estado a su lado para protegerla. Ahora se daba cuenta de que pedir disculpas y decirle que intentaran entenderse no era la solución. Nada podía compensar la perdida de la niña.

Una brecha de amargura se abría entre ambos.

–Lo siento –dijo Emilio con una voz que no reconoció como suya, una voz hueca y sin vida.

Una voz muerta.

Se hizo un prolongado silencio.

Con voz queda, Gisele rompió el silencio:

–Tengo unas fotos...

Emilio parpadeó.

–¿De la niña?

–Las he traído... y también su manta. La manta que la envolvió esas breves horas de vida. Pensé enterrarla envuelta en ella, pero no pude separarme de la manta.

Una punzada de dolor se le agarró al pecho.

–¿La has traído aquí, la tienes contigo? –preguntó Emilio.

La mirada de Gisele le lanzó un desafío.

–Supongo que te parecerá una tontería por mi parte, pero no he sido capaz de romper ese lazo de unión con ella –los ojos de Gisele, de repente, se llenaron de lágrimas–. ¿Tienes idea de cómo me siento cada vez que me preguntan si tengo hijos? No sé qué contestar. ¿Tenía una hija, pero murió? –Gisele ahogó un sollozo–. Ni siquiera sé si, realmente, he sido una madre o no.

Emilio, entonces, la rodeó con los brazos. Apoyó la barbilla en la cabeza de ella y la dejó llorar. Las emociones no le dejaban hablar.

–No, no me parece una tontería –dijo él por fin.

Gisele echó la cabeza atrás para mirarle, tenía los ojos enrojecidos por el llanto.

–¿No... no te lo parece?

Emilio negó con la cabeza, avergonzado de sí mismo al darse cuenta realmente de lo que Gisele había sufrido. Su enfado le parecía inaceptable e inapropiado. ¿No había sufrido Gisele bastante, sin necesidad de que él la hiciera sentirse culpable por no haberse puesto en contacto con él? Su obstinación le había llevado al éxito en los negocios; pero en su vida privada le estaba saliendo muy cara.

–Creo que todavía sigues llorando su pérdida –dijo él, secándole las mejillas–. Cuando llegue el momento del adiós, lo sabrás.

A Gisele le tembló el labio inferior.

–Mi madre... Hilary cree que estoy loca –confesó Gisele–. Mi comportamiento le parece morboso. Pero... ¿qué sabe ella? Ella nunca ha perdido un bebé. Nunca ha tenido un bebé.

–Eso no es verdad –interpuso él–, te ha tenido a ti. No te ha parido, pero te ha criado. Puede que no sea la mejor madre del mundo, pero al menos no te dejó delante de una puerta inmunda, en pleno invierno, a los cuatro años de edad.

El silencio que siguió se hizo eco del horror de las palabras de Emilio.

Emilio deseó no haber hablado. No se trataba de su sufrimiento, sino del de ella. De la pérdida de Gisele. De su pena.

–¿Tu madre te dejó delante de una puerta? –preguntó ella con mirada incrédula.

Emilio se apartó de Gisele.

–¿Crees que se han portado mal contigo? Sé que ha debido de ser duro descubrir que tienes una hermana gemela y que ha debido de ser un duro golpe enterarte de que tu madre no es tu madre natural. Pero Hilary es tu madre en lo que realmente importa. No puedes rechazarla solo porque no te haya parido. No fue culpa suya. En mi opinión, dadas las circunstancias, hizo todo lo que pudo.

Gisele le miró empequeñeciendo los ojos.

–¿Te has mantenido en contacto con ella?

–No, pero sé cómo debe de sentirse. Se ha visto separada de su hija debido a circunstancias ajenas a ella. Al menos, su hija está viva y sana. Yo ni siquiera sé el nombre de mi hija.

–Lily –contestó Gisele con voz suave.

Lily.

–¿Puedo ver las fotos? –preguntó Emilio.

Gisele asintió.

–Ahora mismo voy a por ellas.

Cuando Gisele volvió a la terraza, Emilio estaba de espaldas, mirando los jardines. Se volvió al oírla llegar y, al instante, clavó los ojos en el álbum de fotos. Ella se lo dio silenciosamente, con la garganta cerrada por la emoción.

Emilio agarró el álbum como si fuera el objeto más preciado del mundo. Le vio acariciar la cubierta, en la que había una foto de Lily. Vio cómo se le empañaban los ojos y vio una profunda pena en su rostro.

Gisele nunca le había visto así, nunca le había visto tan vulnerable, tan... humano.

Emilio abrió el álbum y, en la primera página, se encontró con una foto de Lily justo después de nacer, con la boca abierta, apenas con fuerza para llorar...

Había otra foto de Lily después de que una enfermera la lavase. Otra envuelta en la manta de color rosa, esta foto había sido tomada apenas una hora antes de que el bebé falleciera.

—Se parece a ti —dijo Emilio con voz grave.

—Yo pensaba que se parecía a ti —dijo ella.

Emilio la miró a los ojos y a ella se le contrajo el corazón al ver los de él llenos de lágrimas. Jamás había imaginado que pudiera importarle tanto un bebé al que no había conocido. No había esperado que Emilio sintiera lo mismo que ella al ver las fotos de Lily. Había supuesto que, para los hombres, era diferente. Sin embargo, Emilio parecía sufrir la pérdida de Lily tanto como ella, lo veía en la agonía reflejada en su rostro.

—Se parece a los dos —declaró Emilio con voz ahogada y profunda.

Gisele se mordió el carrillo para contener la emoción.

—Sí...

—¿Podría...? —Emilio se aclaró la garganta—. ¿Podría hacer una copia de las fotos?

—Sí, claro —respondió Gisele, asintiendo.

—¿Cuánto pesó al nacer? —preguntó Emilio tras un doloroso silencio.

—Algo menos de dos kilos. Era diminuta.

Gisele le ofreció la manta, que había llevado a la terraza y que tenía pegada al pecho. Hasta ese momento, no se la había dejado tocar a nadie.

–Aún huele a ella –dijo Gisele–. No huele mucho, pero a veces cierro los ojos e imagino que aún la tengo en mis brazos. Hice yo misma la manta. Estuvo envuelta en ella desde poco después de nacer. Fue lo último que la cubrió antes de... antes de que la vistiera para el entierro.

Emilio tomó la manta y se la llevó a la cara. Cerró los ojos e inspiró. Aún olía a la inocencia de un bebé.

Gisele vio resbalar una lágrima por la mejilla de Emilio. Sintió una compasión por él que no había sentido nunca.

Tras un prolongado silencio, Emilio le devolvió la manta.

–Gracias.

–Emilio... –Gisele le miró a los ojos–, siento no habértelo dicho antes. Ahora me doy cuenta de que debería haberlo hecho. Lo siento.

Emilio hizo una mueca.

–No te preocupes, lo más seguro es que me hubiera negado a hablar contigo. Demasiado orgulloso y demasiado cabezota. Lo he estropeado todo. Desde el principio, me equivoqué por entero, la ira me cegaba.

–Los dos hemos cometido errores –declaró ella en voz baja.

–Este no sé cómo arreglarlo –dijo Emilio con expresión macilenta–. Por primera vez desde pequeño, me encuentro vencido, impotente. No sé qué hacer –Emilio suspiró–. Tenías razón, *cara*, no se puede cambiar el pasado.

Gisele se tragó el nudo que le cerraba la garganta.

–Perdona...

–¿El qué? –Emilio, mirándola, frunció el ceño–. Tú no has hecho nada. Eras inocente. Fui yo quien se equivocó. Si hubiera confiado en ti, nada de esto hubiera ocurrido –Emilio se volvió y miró a los jardines.

–He estado pensando en eso que dijiste... respecto a lo que yo habría hecho de haber estado en tu lugar.

Emilio se volvió de nuevo y la miró con expresión triste.

–No trates de disculpar mi comportamiento, Gisele. Tú no habrías hecho lo que yo hice, los dos lo sabemos. Quien se ha portado mal he sido yo, no tú. Y tendré que aprender a vivir con ello. Te hice daño y pedir disculpas no es suficiente, y tú lo sabes muy bien.

Gisele no sabía qué decir, aunque tampoco era capaz de pronunciar palabra. La garganta se le había cerrado y las lágrimas le quemaban los ojos. Ahora, no solo sentía su propio dolor, sino también el de él.

Emilio se le acercó y se plantó delante de ella.

–Sé que es pedir demasiado que te quedes en Italia... después de todo esto –declaró Emilio–. Pero haré todo lo que esté en mis manos por protegerte de los medios de comunicación. Si quieres, haré de representante tuyo en las reuniones de trabajo. Podría reunirme con los ejecutivos que debas tratar en tu nombre. Tú puedes quedarte aquí, en la casa, no será necesario que salgas. No tienes por qué aparecer en público si no quieres.

–No creo que esconderse solucione nada –contestó Gisele–. No sé cómo ha llegado esa foto a un periódico; pero, si tienen esa foto, es posible que tengas otras. No quiero ser una víctima y tampoco quiero que se me considere una víctima.

–¿Todavía estás dispuesta a pasar un mes aquí? –le preguntó él.

–Sí, me quedaré –respondió ella tras vacilar unos instantes.

Emilio le puso las manos en los hombros con infinita ternura, una ternura que le llegó al alma, igual que la mirada de él.

–Gracias –le dijo Emilio–. Haré lo posible por que nunca te arrepientas de esta decisión.

Capítulo 9

DURANTE la semana siguiente, las reuniones de negocios que Emilio le consiguió marcharon extraordinariamente bien para ella, dándole una perspectiva nueva a su trabajo.

En la vida privada, Emilio se mostraba tierno, pero distante. Gisele sabía que aún no había asimilado el hecho de haber sido padre de una niña a la que no había conocido.

A ella también le resultaba difícil comunicarse con él. En parte, se debía a que le daba miedo que Emilio sacara el tema de los hijos, que le pidiera tenerlos con ella.

No obstante, a pesar de haber logrado evitar hablar de ello, hubo un incidente en el que no tuvo más remedio que reconocer y enfrentarse al hecho de que Emilio seguía queriendo tener familia: habían ido a visitar una tienda de ropa de bebé en unos lujosos grandes almacenes. Ella estaba enseñando al encargado unas muestras de su trabajo y no se había dado cuenta de que Emilio se había acercado a la sección de juguetes. El encargado le pidió disculpas y fue a hablar con una de las dependientas por un asunto urgente, y fue entonces cuando ella se acercó a donde estaba Emilio. Él había agarrado un oso de peluche vestido con un tutú color rosa, y a ella se le encogió el corazón al ver la melancolía de su mirada. Se mordió el labio inferior y se alejó, contenta de que el encargado hubiera vuelto tras solucionar la momentánea crisis.

Después de uno o dos días, el interés de los medios de comunicación por su relación con Emilio comenzó a disminuir, pero no lo suficiente como para tranquilizarla del todo. Aún se sentía observada y se preguntó cómo la gente famosa se las arreglaba para vivir bajo semejante escrutinio.

No obstante, para Emilio no parecía ser un problema; aunque, por otra parte, tenía experiencia en evitar a los paparazis. Emilio la llevaba a restaurantes poco conocidos que ofrecían una comida exquisita y unos vinos magníficos. Con el paso de los días, a ella le pareció que empezaba a conocer al verdadero Emilio; no al famoso arquitecto, sino al hombre. Emilio estaba haciendo un esfuerzo por abrirse a ella.

Se dio cuenta de ello una noche, cuando volvían de cenar en uno de los barrios menos elegantes de Roma. De repente, se cruzaron con una chica que debía de estar drogada. La chica, esquelética, vestida con una falda muy apretada y unos viejos tacones, se acercó a Emilio tambaleándose, le dijo algo en italiano y le puso una mano en el pecho. Emilio le cubrió la mano con la suya y se la apartó de sí, pero continuó agarrándosela... y le habló como un padre a una hija.

Gisele contempló la escena con perplejidad. Aunque no entendía todo lo que hablaban, se dio cuenta de que Emilio no estaba regañando a la joven. Por el contrario, la apartó hacia un lado de la calle, charló con ella unos minutos y entonces hizo una llamada telefónica al centro de acogida. Al cabo de unos minutos, uno de los jóvenes que trabajaba en el centro apareció, condujo a la chica a un coche y, supuestamente, la llevó a un lugar seguro.

Gisele se acercó a Emilio mientras este veía el coche alejándose. Ella se agarró del brazo de Emilio y pegó el cuerpo al suyo.

—Me ha dado la impresión de que la conocías.

Emilio respiró hondo.

—Sí. Se llama Daniela, es drogadicta y ha ingresado tres veces en un programa de desintoxicación. Quiere dejarlo, pero tiene muchos problemas con la familia, los amigos y falta de confianza en sí misma —Emilio la miró con expresión de angustia—. Tengo miedo de encontrarla muerta en la calle algún día.

Emilio suspiró y añadió:

—Lo que más me duele es que Daniela podría conseguir lo que quisiera. Es inteligente y bonita, pero mira dónde está. ¿Qué puedo hacer para evitar que se destruya a sí misma? ¿Cuántas jóvenes hay como ella? ¿Te das cuenta del problema que es eso? ¿Quién cuida de ellos cuando sus madres hacen la calle?

Gisele tragó saliva. Emilio había sido uno de esos chicos. Lo sabía, aunque Emilio no había vuelto a comentar nada al respecto. Durante la última semana, ella había tratado de hacer que se abriera, pero Emilio se había negado a hablar de su infancia y su juventud.

–Estás haciendo todo lo que puedes, Emilio. No conozco a nadie que haga tanto como tú.

–Pero no es suficiente –contestó él al tiempo que se apartaba de ella y se pasaba una mano por el cabello–. Maldita sea, no es suficiente.

Gisele se le acercó por la espalda y le abrazó. Frustrado, Emilio estaba rígido; pero al cabo de unos segundos, se relajó y se dio la vuelta. Al mirarla, lo hizo con un brillo de determinación en los ojos.

–Quiero enseñarte una cosa –dijo él.

–¿Qué?

Emilio le tomó la mano y comenzaron a caminar por la zona, un laberinto de callejuelas sucias y sombrías. Ella se aferró a Emilio en busca de seguridad en un mundo que no conocía, un mundo en el que nunca había estado. Y se avergonzó de su desconocimiento. ¿Cómo podía haber vivido veinticinco años y no saber que, para algunas personas, la vida era una lucha constante por la supervivencia? En comparación con eso, sus problemas no eran nada.

Por fin, llegaron a un callejón en el que solo funcionaba una farola. La poca luz dejaba vislumbrar edificios en estado ruinoso, el abandono de gente desesperada pasando por momentos desesperados.

Emilio la llevó a la entrada de un edificio abandonado sin luz en su interior y pintadas en los muros exteriores.

–Aquí es donde mi madre me abandonó –declaró Emilio sin emoción en la voz–. Faltaban uno o dos meses para que cumpliera cuatro años. Lo recuerdo como si hubiera sido ayer.

Gisele le apretó la mano, la emoción le cerraba la garganta, impidiéndole hablar. Las lágrimas acudieron a sus ojos y le resbalaron por las mejillas mientras imaginaba a Emilio a la edad de cuatro años a la puerta de aquella casa. ¿Qué había sentido Emilio viendo a su madre dejarle ahí y desaparecer?

–Ella era una adolescente, prácticamente una niña –continuó Emilio–. Seguramente no debía saber quién era mi padre. Según ha llegado a mis oídos, había cuatro o cinco candidatos.

–Emilio...

–Me dijo que enseguida volvería, me prometió que volvería... Y yo la creí. Esperé durante horas, quizá días. De eso no consigo acordarme. Solo me acuerdo del frío, tenía mucho frío –involuntariamente, Emilio se estremeció–. El frío me calaba los huesos. Aunque no lo creas, a veces vuelvo a sentirlo.

Gisele le rodeó con los brazos y lo estrechó contra sí.

–Oh, Emilio... –un sollozo le quebró la voz–. Es horrible lo que debiste de pasar. No puedo soportar la idea de que estuvieras tan solo y perdido...

Emilio se agarró a ella con fuerza, abrazándola. La apretó contra sí y ocultó el rostro en el cuello de ella.

Gisele respiró hondo, absorbiendo el dolor y la soledad que habían acompañado a Emilio durante tantos años.

–Quiero hacer lo posible por evitar que a otros chicos les pase lo que a mí –dijo Emilio separándose de ella–. Quiero evitar que se pasen la vida preguntándose adónde fue su madre cuando les abandonó... preguntándose si estará viva o muerta. Y quiero evitar que, cada vez que vean pasar a un hombre por la calle, se pregunten si no será su padre.

—Eres una persona increíble, Emilio –dijo Gisele poniéndole la mano en el rostro–. Nunca he conocido a nadie como tú.

—Eres la primera persona a la que le enseño este lugar –confesó él–. Ni siquiera los trabajadores del centro lo conocen.

—Gracias por traerme aquí. Hace que te comprenda mucho mejor. No puedes imaginar cuánto te admiro.

Emilio entrelazó los dedos con los de ella.

—Vámonos ya de aquí. Este lugar me da escalofríos.

Emilio cerró la puerta de la casa y apagó las luces de fuera.

—Vete a la cama, *cara*. Yo todavía tengo que llamar al centro para ver cómo está Daniela.

—Te esperaré despierta –contestó ella.

Emilio la vio subir las escaleras. Se alegraba de haberle hablado de su infancia, había sido una catarsis. Hacía que se sintiera como si, por fin, hubiera dejado atrás el pasado. En vez de repudiarle, Gisele le había abrazado y le había ofrecido esa aceptación que él llevaba toda la vida anhelando.

Después de hacer la llamada, Emilio subió a su dormitorio. Gisele se había duchado y llevaba el albornoz suyo, que le quedaba muy grande.

–Te has puesto mi albornoz –dijo él.

–Sí –Gisele le dedicó una traviesa sonrisa–. ¿Qué vas a hacer?

–Voy a quitártelo.

–¿Y si me resisto?

Una chispa de humor asomó a los ojos de Emilio mientras se acercaba a ella.

–Si te resistes, lo pasaremos mucho mejor.

Gisele lanzó un grito cuando él la levantó en brazos, la llevó a la cama y, suavemente, la dejó caer. A continuación, se desnudó y, mientras lo hacía, vio cómo las pupilas de Gisele se dilataban. Cuando volvió al lado de ella, le desató el cinturón del albornoz y la destapó. Gisele tenía unos pechos preciosos, los pezones ya erguidos. Se agachó y se los chupó, uno a uno, encantado con la respuesta de ella.

–¡Menuda resistencia la tuya! –exclamó Emilio en broma.

–Puede que sea incapaz de resistirme a ti –comentó Gisele jugueteando con el vello de su pecho. Y él respiró hondo cuando ella le agarró. ¿Cómo podía una mujer obrar semejante magia? La deseaba con locura y se tumbó sobre ella, apoyando el peso del cuerpo en los codos.

–¿Te peso mucho? –preguntó él.

–No –respondió Gisele antes de agarrarle la cabeza y tirar de él para que la besara.

Sus lenguas danzaron. Los labios de Gisele eran imposiblemente suaves, como de terciopelo. Le acarició cl cuerpo antes de cubrirle el sexo. Gisele estaba tan mojada y tan caliente que no pudo resistir penetrarla. Ella lanzó un quedo grito de placer.

Emilio se movió dentro de ella despacio, sintiendo la maravillosa suavidad del cuerpo de Gisele. Pero pronto, ella comenzó a alzar las caderas, instándole moverse con más rapidez, quemándole con sus besos.

Emilio le acarició los pechos, uno a uno, le besó los pezones al tiempo que le acariciaba el clítoris. Ella se agitó bajo su cuerpo mientras él, con manos y boca, continuaba excitándola. Gisele cada vez más inquieta, arqueando las caderas para que él se hundiera en lo más profundo de su ser. Sintió la tensión de los músculos de Gisele, la fuerza con la que las piernas de ella le apretaban la cintura en busca de la máxima liberación...

–Ya... Por favor... ya... –gritó ella.

Y cuando sintió las contracciones del orgasmo de Gisele, su propio cuerpo alcanzó el punto álgido del placer.

Al cabo de un rato, con los ojos cerrados, Emilio lanzó un suspiro de satisfacción, deleitándose en la fragancia de ella.

En esos momentos, era como sentirse por fin en casa.

Capítulo 10

CUANDO Gisele se despertó a la mañana siguiente, Emilio no estaba a su lado en la cama. Después de darse una ducha, se vistió y bajó a buscarle. Por el camino, se encontró a Marietta, que le informó de que Emilio estaba hablando por teléfono en el despacho.

–He servido el desayuno en el cuarto de desayunar porque parece que va a llover –añadió el ama de llaves.

–Gracias, Marietta –dijo Gisele, y rápidamente se dirigió al agradable cuarto que daba al este para esperar allí a Emilio.

En una mesa auxiliar al lado de la mesa donde estaba el desayuno, estaba la prensa matutina. En la portada del periódico italiano había una foto de Emilio y ella saliendo de la tienda de ropa para niños, habían ido allí con muestras del trabajo de ella; al salir, Emilio la conducía con un brazo alrededor de los hombros con gesto protector. Recordaba que, en la calle, alguien había hecho una foto con un móvil, pero ella había pensado que estaba haciéndole una foto a una amiga delante de la tienda.

El corazón comenzó a latirle con fuerza al agarrar el periódico inglés, en el que aparecía la misma foto y, como encabezamiento, se leía: *¿Otro bebé para el famoso arquitecto y su prometida australiana?*.

Gisele se estremeció. El pánico se apoderó de ella.

–Siento el retraso –dijo Emilio, entrando en ese momento–. Estaba hablando por teléfono, quería estar seguro de que Daniela ha ingresado en la clínica de desintoxicación... *¿Cara*, qué te pasa?

Gisele le dio el periódico.

–No puedo soportarlo –declaró ella–. No puedo vivir así. No puedo.

Emilio ojeó el periódico brevemente antes de dejarlo a un lado.

–Solo son rumores, cotilleos –dijo él–. Ya sabes cómo son los reporteros.

–¿Rumores, cotilleos? –Gisele le lanzó una furibunda mirada–. ¿Es así como lo llamas tú? Pues yo me siento presionada.

–Gisele, nadie te está presionando.

–¿No? ¿Estás seguro? ¿Y tú y todo eso de que quieres hijos, una familia? Eso es lo que tú quieres, tú mismo me lo has dicho.

–Sí, así es, quiero tener familia. Pero iremos despacio, hasta que te hagas a la idea de...

–¡Para! –Gisele se tapó los oídos con las manos–. No digas nada. No me digas que hasta que me haga a la idea de tener otro hijo. No quiero oírlo.

–Gisele, estás exagerando.

–¡No me digas que exagero! –exclamó ella, al borde de la histeria. No quería sumirse en otra depresión e hizo todo lo que pudo por controlar sus emociones–. ¡Noté cómo mirabas el osito de peluche!

Emilio frunció el ceño.

–¿Qué osito de peluche?

–El que había en la tienda, el osito con un tutú color rosa –contestó ella apenas con el corazón latiéndole al galope–. Agarraste el oso y te lo quedaste mirando. Te vi, Emilio, y me di cuenta de lo mucho que deseas tener hijos.

–*Cara* –dijo él en tono conciliador–, ¿no podríamos hablar de esto en otro momento? Ahora estás muy disgustada. Te comprendo, sé que ver ese artículo ha debido de ser terrible para ti. Pero ya verás como dentro de unos días ves las cosas de otra manera.

–No, no veré las cosas de otra manera. Jamás. Y a ti no te va a quedar más remedio que aceptarlo.

La mandíbula de Emilio se tensó.

–Gisele, estás demasiado nerviosa, será mejor que dejemos esto para otro momento.

–¡No estoy nerviosa! –gritó ella al tiempo que se ponía en pie y comenzaba a pasearse–. No puedo, Emilio, no puedo. Nuestra relación no tiene futuro. Quiero volver a casa.

Emilio se quedó muy quieto. Su expresión ilegible.

–Eres libre para marcharte cuando quieras, Gisele –declaró él–. No pienso retenerte a la fuerza.

Gisele se pasó la lengua por los labios. El corazón le dio un vuelco.

–¿Qué has dicho?

–He dicho que te vayas si eso es lo que quieres

–contestó Emilio–. Le diré a Marietta que se encargue de tu equipaje; entretanto, iré a comprarte el billete de avión.

–Pero... ¿y el resto del mes? ¿Y el dinero? –preguntó ella.

–Te lo has ganado, hasta el último céntimo –respondió Emilio con una sonrisa burlona–. No me debes nada.

Gisele se preguntó si le había oído correctamente. ¿La estaba dejando marchar sin poner ningún obstáculo?

–No lo comprendo...

–Pediré a mis abogados que te entreguen todos los papeles –dijo Emilio con voz fría, como si se tratara de un negocio más–. También recibirás el edificio en propiedad. Podrás contratar a más empleados y expandirte. Un diseñador de páginas web te ayudará a preparar la tuya, así podrás vender tus productos en Internet.

Gisele solo podía pensar en el hecho de que Emilio no le había puesto ningún impedimento, parecía como si quisiera que se marchara. Parecía como si no...

No, Emilio no la quería.

Emilio nunca la había amado. Nunca la amaría.

–Así que... –Gisele se pasó la lengua por los labios, tratando de disimular el profundo dolor que sentía–. Así que esto es... un adiós, ¿no?

¿Cómo podía aguantar el dolor que sentía?

«No, por favor, no me digas adiós», pensó Gisele. «No me eches de tu lado. No lo hagas otra vez. No, así no, por favor».

Emilio se la quedó mirando con expresión impenetrable.

—Sí, así es. Adiós, Gisele.

Ella asintió. ¿Qué otra cosa podía hacer? Al fin y al cabo, le había dicho que quería irse...

Tres semanas más tarde...

Gisele estaba colocando ropa en las estanterías de la tienda cuando entró Hilary, su madre. Hilary solo había estado un par de veces en la tienda, y era la primera vez que la veía después de su regreso de Italia. Había hablado con ella por teléfono un par de veces, pero por poco tiempo y en ambas ocasiones la conversación había sido fría y distante.

—Tienes la tienda preciosa —dijo Hilary.

—Gracias.

Se hizo un breve silencio.

—Estás muy delgada, Gisele —comentó Hilary—. ¿Estás segura de que puedes llevar el negocio tú sola? Es mucho trabajo.

—Puedo arreglármelas yo sola, no te preocupes —contestó Gisele colocando una chaqueta de bebé en una estantería.

Hilary dejó escapar un suspiro al tiempo que agarraba una chaqueta con unos conejitos bordados.

—Sé que todavía estás disgustada —dijo Hilary—. Y no te culpo, lo que tu padre hizo no tiene perdón.

Gisele se volvió para mirarla.

—Lo que hicisteis los dos. Tú mentiste tanto como él. Tú has vivido una mentira.

Los ojos de Hilary se llenaron de lágrimas mientras se apretaba la chaqueta al pecho.

–Lo sé. Y nunca dejé de temer que cualquier día se descubriera la verdad –contestó ella–. Desde el principio quería habértelo dicho, pero tu padre me lo prohibió. No se fiaba de Nell Baker. Me pasé la vida con miedo a que apareciera cualquier día para llevarte con ella. Supongo que era por eso por lo que siempre me mostré tan distante contigo... no sabía si cualquier día iban a venir a arrancarte de mis brazos.

Era la primera vez que Gisele veía llorar a su madre y se quedó perpleja.

–Yo creía que no me querías –dijo Gisele–. Pensaba que no era suficientemente buena para ti.

–¡Oh, cielo! –exclamó Hilary–. Te adoraba. Quise a todos mis hijos.

Gisele frunció el ceño.

–¿Hijos? ¿Qué hijos?

Hilary acarició la chaqueta que tenía en las manos.

–Tuve cuatro abortos naturales en los dos primeros años de casada. Me sentía una fracasada.

–¿Por qué no me lo has dicho hasta ahora? –preguntó Gisele con incredulidad–. ¿Por qué no me lo contaste cuando perdí a Lily?

A Hilary le temblaron los labios.

–Yo aborté a las pocas semanas de quedar embarazada, tú perdiste a tu hija una vez nacida. No tenía comparación posible. Yo estaba avergonzada de no poder procrear, de no haber sido madre. Tú, al menos, sí lo has sido, aunque solo durante unas horas.

–Tú has sido una madre –dijo Gisele con los ojos llenos de lágrimas–. Has sido y eres la única madre que tengo, y te quiero.

Hilary la rodeó con los brazos.

–Yo a ti también te quiero, hija mía. Yo también te quiero.

Carla, la secretaria de Emilio, le llevó el café al despacho después de comer. Él no se movió de donde estaba, junto a la ventana.

–Déjelo encima del escritorio –dijo él con voz hueca.

–Han traído un paquete para usted –dijo Carla.

–¿De quién es?

–De la señorita Carter. ¿Quiere que lo abra? –inquirió la secretaria.

A Emilio se le encogió el corazón.

–No –se pasó una mano por el espeso cabello–. Eso es todo, Carla. Puede tomarse el resto del día libre.

–Pero... ¿qué hay del proyecto Ventura? –preguntó ella mirándole con el ceño fruncido–. Corre prisa.

Emilio se encogió de hombros.

–Estará cuando esté. Y, si no, que se busquen a otro.

–Sí, señor –respondió ella arqueando las cejas.

Carla se marchó del despacho y cerró la puerta sigilosamente.

Emilio acarició el paquete que Gisele le había enviado. Debían de ser las joyas, que se las devolvía. Había imaginado que lo haría. En realidad, le había sorprendido que se las hubiera llevado. Imaginaba que ella no quería ningún recuerdo de su relación en Italia.

Abrió el paquete despacio y el cuerpo entero le tembló al ver la manta color rosa en la que su hija había pasado envuelta las breves horas de su vida. La emoción se le agarró a la garganta.

Con la manta había un papel doblado. Lo agarró y leyó:

Dijiste que me daría cuenta cuando llegara el momento de la despedida definitiva. Tenías razón. Gisele.

De repente, se dio cuenta de lo que Gisele le había enviado, lo que aquella manta simbolizaba...

Gisele le había enviado su corazón.

¡Cielos, qué había hecho él! La había dejado marchar cuando lo único que él quería era tenerla a su lado. ¿Por qué no le había confesado lo que sentía por ella? Aunque Gisele hubiera decidido marcharse, habría sido mejor para él decirle que la amaba. Gisele merecía saber que era la única mujer a la que él había amado, la única a la que podía amar.

Había sido un cobarde. Demasiado asustado para enfrentarse a sus propios sentimientos, había preferido contenerlos, ocultarlos. Se había estado engañando a sí mismo, mucho más a ella.

¿Cómo había sido tan estúpido?

¿Tan cabezota?

¿Cómo había estado tan ciego?

Apretó la tecla del teléfono interior.

—Carla, ¿está ahí todavía? —preguntó él.

—Sí, señor —respondió su secretaria—. Estaba recogiendo mis cosas para marcharme.

—Consígame un billete de avión para Sídney —dijo él—. Da igual lo que cueste. Puede incluso contratar un avión privado. Compre uno, si es necesario.

—¿Otro negocio urgente, señor Andreoni? —preguntó Carla.

—No, esta vez es algo personal —respondió él.

«Esta vez se trata de mi vida. Es mi amor lo que está en juego. Lo es todo».

Eran las siete de la mañana cuando el taxi se paró delante de la tienda de Gisele, pero el establecimiento estaba cerrado. En su premura, no había tenido en cuenta la diferencia horaria.

Pidió al taxista que le llevara a la casa de Gisele y el trayecto se le hizo eterno. Repasó mentalmente lo que iba a decirle. Había estado ensayando durante todo el vuelo, a pesar de saber que solo necesitaba pronunciar dos palabras: «Te amo».

El taxi dobló la esquina de la calle de Gisele y a él le dio un vuelco el estómago al ver un cartel de SE VENDE en el piso de ella.

Emilio salió del taxi y ordenó al taxista que esperase.

Al llamar al timbre, no obtuvo respuesta. Asomó

el rostro por las rendijas de las lamas de las persianas, pero no parecía haber nadie dentro.

–¿Qué se le ofrece? –era la voz de una mujer mayor.

Emilio giró sobre sus talones y vio a una mujer ayudada de un andador delante de los buzones del correo.

–Estoy buscando a Gisele Carter –respondió Emilio–. ¿Sabe dónde está?

–Sí, se ha marchado hace una media hora. Se iba de vacaciones a una isla tropical en Queensland, a pasar allí unos días con su madre y su hermana antes de cambiarse de casa.

Emilio lanzó un gruñido. ¿Cuántas islas tropicales había en Queensland? Cientos. ¿Cómo demonios iba a localizarla?

–¿Ha dicho que se ha marchado hace una media hora? –preguntó Emilio.

–Sí, más o menos.

–¿Sabe con qué aerolínea iba a volar? –inquirió Emilio caminando de espaldas hacia el taxi–. Es muy importante, tengo que verla. Voy a decirle que la amo y a pedirle que se case conmigo.

La mujer sonrió antes de decirle el nombre de la aerolínea.

–Y creo que la isla se llama Hamilton. Sí, eso es, Hamilton Island.

El tablón con las salidas de los vuelos anunciaba que ese vuelo ya estaba cerrado y el avión a punto de despegar.

Emilio sintió una extrema opresión en el pecho. Casi no podía respirar.

Había llegado demasiado tarde...

—¿Emilio?

La piel se le erizó. Eran imaginaciones suyas, igual que cuando, sentado y abandonado en el escalón de la entrada de aquella casa, había creído oír la voz de su madre.

Despacio, Emilio se dio media vuelta y vio a Gisele delante de él. Estaba muy pálida y sumamente delgada, igual que un fantasma. ¿Era un producto de su imaginación? Sí, debía de serlo. Parpadeó varias veces, pero ella no desapareció.

—Has vendido tu piso —dijo Emilio.

¡Y qué tontería había dicho!

—Sí. Me parecía que necesitaba un cambio.

Emilio cambió el peso de una pierna a otra.

—Creía que ibas en ese vuelo —otra tontería.

¿Por qué no podía decir lo que quería decir?

—Faltan cuarenta minutos para que salga mi avión —contestó ella—. Voy a Heron Island. Mi madre y yo nos vamos a reunir allí con Sienna. Mamá ha sugerido que serviría para tratarnos y conocernos mejor.

—Ah... Creía que ibas a Hamilton Island, eso es lo que me ha dicho tu vecina. He visto que el avión estaba a punto de despegar y... —Emilio se cayó porque ya no sabía cómo continuar.

Gisele apretó los labios, parecía una tímida colegiala.

—He salido del servicio y te he visto aquí... Creía que eran imaginaciones mías. ¿Cómo es que estás aquí?

–Quería verte –respondió Emilio–. Quería darte las gracias por... por la manta de nuestra hija.

Una sombra cruzó el semblante de ella y bajó la mirada.

–Fue concebida en Italia –dijo Gisele con un hilo de voz–. Me ha parecido apropiado que la manta acabara allí.

Emilio sintió cómo se le llenaban los ojos de lágrimas.

–¿Y si, de repente, te apeteciera abrazar la manta? –preguntó él.

Los labios de Gisele temblaron incontrolablemente.

–Ahora te toca a ti tenerla.

–¿Y... si la tuviéramos los dos? Te quiero. Siempre te he querido. Por favor, *cara*, no me dejes, vuelve conmigo. Vuelve a mi lado.

Tras unos segundos, Gisele se arrojó a sus brazos. Y él se dio cuenta de que nunca antes se había sentido tan unido a otro ser humano. Los brazos de Gisele le rodearon la cintura, pero él los sintió alrededor del corazón.

–Mi preciosa –dijo Emilio–. Creía que te había perdido para siempre.

Gisele se aferró a él, temerosa de que Emilio pudiera evaporarse, con pánico de abrir los ojos y descubrir que había sido un sueño. ¿En serio había pronunciado Emilio esas maravillosas palabras? Le miró con lágrimas en los ojos.

–¿De verdad me quieres? –preguntó ella–. ¿Lo dices en serio?

Emilio le agarró las manos y se las llevó al corazón.

–Te amo, *tesore mio* –confesó él–. La vida no tiene sentido sin ti. No sé qué haría si me dijeras que no quieres casarte conmigo. Te vas a casar conmigo, ¿verdad?

Gisele le sonrió con infinita alegría.

–Claro que voy a casarme contigo –respondió ella–. Es lo que más deseo en el mundo. Te amo.

Emilio la abrazó con fuerza, no quería soltarla nunca.

–Lo eres todo para mí, *cara* –dijo él–. Me da vergüenza pensar en lo que me ha costado reconocerlo. ¿Podrás perdonarme... por todo?

–Deja ya de torturarte –dijo Gisele–. Los dos hemos sido víctimas de las circunstancias.

Emilio la apretó contra sí antes de separarse ligeramente para mirarle los ojos.

–He sido un idiota.

Gisele le acarició la mejilla.

–Te quiero tal y como eres –dijo ella–. Te adoro.

Emilio apoyó en la frente de ella.

–*Cara*, quiero que sepas que, si no quieres tener más hijos, no importa. Además, hay montones de chavales de los que tengo que ocuparme. Daniela y llevado al centro a unos amigos suyos. Así que... solo te necesito a ti. Contigo tengo más que de sobra.

Gisele parpadeó para contener las lágrimas.

–Ha habido un tiempo en el que no podía imaginar volver a quedarme embarazada –declaró ella–. No soportaba la idea de correr el riesgo de que volviera a pasar lo mismo. Pero esta vez, tú estarás a mi lado. Contigo a mi lado, creo que puedo enfrentarme a cualquier cosa.

Emilio le puso las manos en el rostro y la miró con infinita ternura.

—Y ahí es donde voy a estar el resto de mi vida, a tu lado: amándote, protegiéndote y adorándote en cuerpo y alma.

Gisele cerró los ojos en el momento en que los labios de Emilio sellaron los suyos con un beso lleno de promesas y amor. Le rodeó la cintura con los brazos y se apoyó en él.

Por fin ambos tenían un hogar.

Sienna Baker estaba en una tumbona al lado de la piscina del hotel en Heron Island, se estaba tomando un Manhattan cuando recibió un mensaje en el móvil. El mensaje era de Gisele. Se alzó las gafas de sol y leyó: *Sienna, lo siento, cambio de planes. Mamá va de camino, pero yo me voy a Italia para preparar mi boda. Por cierto, ¿quieres ser la madrina? Besos, Gisele.*

* * *

Podrás conocer la historia de Sienna Baker en el último libro de la miniserie *Dos gotas de agua* del próximo mes titulado:
ENEMIGOS ANTE EL ALTAR

Decidió que sería la mujer fatal que él creía que era…

Muy pocas personas se atrevían a desafiar al magnate griego Zak Constantinides. Era el dueño de un imperio hotelero y le gustaba tenerlo todo bajo control. Cuando vio que la diseñadora de interiores de su hotel de Londres iba detrás del dinero de su hermano, decidió tomar cartas en el asunto y trasladarla inmediatamente a Nueva York. Emma tal vez tuviera más de un vergonzoso secreto, pero no estaba interesada en el hermano de Zak ni en su dinero. Decidida a bajarle los humos a su arrogante y despótico jefe, aceptó el trabajo que le ofrecía en Nueva York …

Juego perverso

Sharon Kendrick

Acepte 2 de nuestras mejores novelas de amor GRATIS

¡Y reciba un regalo sorpresa!

Oferta especial de tiempo limitado

Rellene el cupón y envíelo a
Harlequin Reader Service®
3010 Walden Ave.
P.O. Box 1867
Buffalo, N.Y. 14240-1867

¡Sí! Por favor, envíenme 2 novelas de amor de Harlequin (1 Bianca® y 1 Deseo®) gratis, más el regalo sorpresa. Luego remítanme 4 novelas nuevas todos los meses, las cuales recibiré mucho antes de que aparezcan en librerías, y factúrenme al bajo precio de $3,24 cada una, más $0,25 por envío e impuesto de ventas, si corresponde*. Este es el precio total, y es un ahorro de casi el 20% sobre el precio de portada. !Una oferta excelente! Entiendo que el hecho de aceptar estos libros y el regalo no me obliga en forma alguna a la compra de libros adicionales. Y también que puedo devolver cualquier envío y cancelar en cualquier momento. Aún si decido no comprar ningún otro libro de Harlequin, los 2 libros gratis y el regalo sorpresa son míos para siempre.

416 LBN DU7N

Nombre y apellido	(Por favor, letra de molde)
Dirección	Apartamento No.
Ciudad	Estado	Zona postal

Esta oferta se limita a un pedido por hogar y no está disponible para los subscriptores actuales de Deseo® y Bianca®.
*Los términos y precios quedan sujetos a cambios sin aviso previo.
Impuestos de ventas aplican en N.Y.

SPN-03

©2003 Harlequin Enterprises Limited

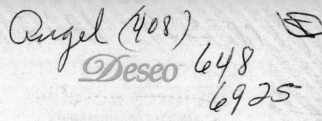

Angel (408) 648 6925

Pasión en Hollywood

JULES BENNETT

¿Quién era la exótica belleza
que iba del brazo del atractivo
Bronson Dane, el más persegui-
do por todas las mujeres? Era
Mia Spinelli, de la que se rumo-
reaba que había sido la amante
de su jefe anterior, el enemigo
de Bronson desde hacía muchos años.

Ahora, ella era la asistente personal de la madre de Bronson.
¿Estaba Mia asistiendo también
íntimamente a Bronson? A él se
le había visto acompañándola a
la consulta del médico y el vientre de Mia no podía ocultar ya su
embarazo. Tal vez aquella hermosa mujer hubiera conseguido robarle el corazón al atractivo playboy y produc-
tor cinematográfico.

*¿Una verdadera historia
de amor en Hollywood?*

¡YA EN TU PUNTO DE VENTA!

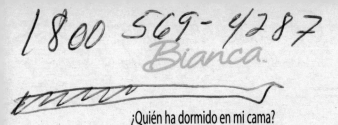

1800 569-4287

¿Quién ha dormido en mi cama?

Ardiente, rico y atractivo, Gianni Fitzgerald controlaba cualquier situación. Sin embargo, un viaje de siete horas en coche con su hijo pequeño puso en evidencia sus limitaciones.

Agotado, se metió en la cama…

Cuando Miranda despertó y encontró a un guapísimo extraño en su cama, su primer pensamiento fue que debía de estar soñando. Sin embargo, Gianni Fitzgerald era muy real.

Una ojeada a la pelirroja y el pulso de Gianni se desbocó. Permitirle acercarse a él sería gratificante, pero muy arriesgado. ¿Podría Gianni superar su orgullo y admitir que quizás hubiera encontrado su alma gemela?

Orgullo escondido

Kim Lawrence